# 坪内稔典百句

稔典百句製作委員会 編

創風社出版

（天王寺動物園）

（川之石高校文芸部）

（大学時代の俳句仲間）

（小学生と）

◆坪内稔典百句　目次◆

# 坪内稔典百句

【凡例】
・坪内稔典の百句は船団の会会員へのアンケートを参考として、最終的に編者が選んだ。
・百句の配列は第一から第十一句集まで刊行の逆順である。
・作品のルビは編者が付けた。

# 風光る（かぜひかる）ケープタウンの窓（まど）もだろう

　春になり日差しが強まると、吹く風も光りかがやくように感じられる。わが家の窓辺でこの光る風を感じているように、ケープタウンの窓にも風と光はあふれていることだろう。そんな風に思いを馳せているのである。

　ご近所や、日本国内や、アジア、欧米でもなく、一足飛びにケープタウンが出てくるところに特色がある。ケープタウンは南アフリカ共和国の南部にある都市で、大航海時代に印欧航路の拠点港として切りひらかれた。目の前のありふれた景色が、壮大な歴史の流れと、とつぜん繋がること。そのとき起こる意識の変容に、この句の眼目はあるのだろう。

　句集では、直後に「剪定の音かチグリス流域図」という句が並んでいる。こちらも植木の剪定音からメソポタミア文明へと、意識がひろがる思考パターンが共通している。

　季語は「風光る」（春）。『水のかたまり』所収。

秋月祐一

# 多分だが磯巾着は義理堅い

「多分だが」という切り出し方が、まず可笑しい。責任は持ちませんよと逃げ腰なのか、かえって強気の発言なのか。ともかくも「磯巾着は義理堅い」と主張する。なるほど岩に張りついて、じっと獲物を待っている磯巾着の姿は、義理堅さを感じさせないでもない。

そもそも磯巾着は、脳も心臓もなく、内臓と口と触角しかもたない生き物なのだそうだ。こう書くと、磯巾着にこころはあるのか、と疑問の声が上がりそうだが、それは脳中心の生命観。生命形態学者の三木成夫は、内臓こそが宇宙のリズムと呼応する、生命の根源であると説いた。そして、こころは内臓から生まれたものだ、と。われらが磯巾着くんにも、宇宙の星々の記憶を宿したこころがあり、その性情は「義理堅い」のだと思いたい。この句には、そんな生命哲学を語りたくなるロマンがある。

季語は「磯巾着」（春）。『水のかたまり』所収。

秋月祐一

# カント氏の窓半開き揚羽来る

朝倉晴美

立派な立派な、夏の女王的な揚羽蝶。そんな揚羽蝶を最後に見たのは、いつだっただろうか。

真夏の日中。黒揚羽に瑠璃揚羽、ここはやはり黄揚羽だろう。炎天の下の、音のない光景に揚羽は良く似合う。そう、幼子らが昼寝をしているような時間に。さて、カント氏も昼寝中であろうか。窓を半開きにして……。

哲学者で日々規則正しい生活を送っていたというカント氏。日課の散歩の後は昼寝だったのだろうか。それとも、揚羽蝶に誘われて、カント氏は出かけようとしているのだろうか。もしかして、カント氏の魂だけが、半開きの窓から出て行こうとしているのであろうか。

蛇足だが、義母の紋は「丸に揚羽」だ。

季語は「揚羽蝶」(夏)。『水のかたまり』所収。

# 佐田岬半島に寝て月まみれ

決して鹿児島の佐多岬ではない。瀬戸内海と宇和海を隔てる伊予の佐田岬半島だ。そこは日本一細長い半島という。

穏やかな瀬戸内海と時には太平洋の波の来る宇和海。その狭間にある佐田岬半島。その突先は九州へ手が届きそうなくらいのところ。

そこに寝転ぶなんて、なんてなんて贅沢なのだろう。そして月光を心ゆくまま浴びているなんて。地中海のニースも、南国の楽園タヒチもこの月夜にはかなわない。

作者はまさに、この半島の生まれであるが、故郷礼賛の句とは、ちょっと違う。掲句では、佐田岬半島があるひとつの地名にすぎない描かれ方で存在している。その地を褒めるも好きになるも、読者の自由といった描かれ方だ。ただ、その地で月明かりの中で寝ている私は、何にも代えがたい幸福な一瞬があると、句は語っているのである。そうだ！　佐田岬半島に行こう！　月にまみれに行こう！

季語は「月」（秋）。『水のかたまり』所収。

朝倉晴美

# 黒猫は黒のかたまり麦の秋

植田かつじ

黒猫から受けるイメージは、ややネガティブな感じがするし、わざわざ黒のかたまり。などとだめ押ししなくても良いように思うのだが、はたと気づいたのは猫の黒と実った麦の金。この取り合わせと言うか、組み合わせ。一見チープにも思えた句が、読み切ってしまえば実にゴージャスな俳句となっていた。なんだか魔法にかけられたみたいだ。

子供の頃白と茶のミーという猫を飼っていた。ある日ミーが四、五匹の子供を産んだ。その中の黒猫一匹を我家で育てる事にした。当然ながら名前はクロ。それから程なくして、家を建て替える事になって、結局ミーもクロも戻ってこなかったのだが。近所の人に後から聞くと、毎夜工事中の家の前で、どこからかやって来たミーが鳴いていたとの事。今から四十年以上前の話だ。

季語は「麦の秋」(夏)。『水のかたまり』所収。

木にもたれ木にもたれられ八月は

植田かつじ

暑い八月木の下にいると、陽光が緑にさえぎられ、心地良い風なんかも少し吹いて来てつい、うとうとする事もある。疲れているのは人間ばかりではない。木にも木の苦労がある。夕方を過ぎると周りの土中から、蝉の幼虫が湧き出して来て、体をよじよじ登るとその痛いやらこそばゆいやら、日中はミンミンシャンシャン大合唱。そんな時もたれかかって来た人間を、受け入れているとついつい自分も、つられてうとうとしてしまい、もたれかかっているのだ。

男の子は基地遊びが大好きだ。公園なんかの大木に、拾い集めたガラクタを置いてスパイ活動に従事する。その公園は桜の名所だった。ある日我らの秘密基地を、酔客が襲いすべての物が打ち捨てられた。ただ茫然とするしかなかったのを、今も思い出す。

季語は「八月」(夏)。『水のかたまり』所収。

# びわ熟れる土星にいとこいる感じ

びわは果物の中でもあまり派手さはなく、誰もが好きで口にしている、といったふうでもない。しかし、好きな人にはあの瑞々しさはたまらないと思う。そしてびわのあたたかみのあるだいだい色を見ると何ともいえないほっこりした気持ちになる。

一方土星は、肉眼ではっきり見える惑星の中で太陽から一番遠くにある星で、にぶく黄色に輝いている。色合いが似ている点で、一見何のつながりもないような二つのものがリンクしている。

また、いとこという距離感と太陽から離れている土星との距離感がうまく合っている。びわを見て、ふと離れたところに居るいとこを思い出したのだろうか。熟れて色が深くなっていくように見えるびわと太陽系の中で二番目に大きな惑星である土星の対比も宇宙レベルにまで広がって壮大である。

季語は「枇杷」(夏)。『水のかたまり』所収。

内野聖子

# 秋蝶（あきちょう）の黄色（きいろ）あなたがこぼしたか

内野聖子

蝶は春から晩秋にかけて見られるが、春の蝶が可憐にひらひら舞っているのに対して、秋の蝶はどことなく愁いを帯びているように見える。それは秋という季節のなせるわざであろうか。

黄色の絵の具をこぼすと秋の蝶になったというメルヘンチックなとらえ方もでき、蝶を色彩のかたまりとしてとらえる視点がとても斬新である。

「あなたがこぼしたか」という、問いかけともつぶやきともとれることばが意味深でまた魅力的だ。

あたりが落ち着いた色合いに変わっていく秋の風景の中にあって、黄色の蝶はとても鮮やかに映ったのであろう。まるで誰かのほほえましいいたずらのようにも思えるほど。

季語は「秋の蝶」（秋）。『水のかたまり』所収。

## 七月の水のかたまりだろうカバ　衛藤夏子

　カバは重量を感じる動物だ。最も厚い胸で四十ミリ、薄いお腹で十五ミリの皮膚があり、皮膚の下の脂肪は三十から五十センチもある。ずんぐりしていて暑苦しい。でも、カバを構成している細胞がすべて水だとしたら。七月に見るカバは透明な水のかたまりでできていると想像してごらん。重量感が水によるものとすれば、途端に七月の暑さにも涼しさが感じられるのではないだろうか。

　実際、カバは水中で生活することが多い。妊娠、出産、子育てを水中でする。泳ぐことはできないが、浮いたり、水底を歩き、水と縁の深い動物だ。作者のカバ好きは有名で、句集にもカバの句が多い。第十一句集までに、四十五のカバの句が収載されている。七月にみるカバを水のかたまりというところ、カバの重量感を暑苦しく見ず、あくまで優しい視線で好意的にカバを見るところにも、カバ好きがあらわれている一句だ。

　季語は「七月」（夏）。『水のかたまり』所収。

## 秋の日のベンチあなたのいた窪み

衛藤夏子

木のベンチであろうか、ベンチの一か所に陥没した窪みがあって、そこにあなたが数分前まで座っていた。今は立ち上がってしまったのか、秋の日が照らしている。切ない恋心が見え隠れする。この句では、秋の日という季語が動かない。激しい夏の日射しでは痛く、冬の日では弱すぎる。やわらかい春の日射しよりも、愁いを含んだ秋の日とした方が、よりロマンチックで感傷も増す。

田山花袋の「蒲団」では、主人公は好意をもちながら自分の元を去っていく女性の蒲団の匂いを嗅ぐという肉感的な愛情表現をして読者を驚かせたが、この句の主人公は大人しい。秋の日に照らされたあなたのいたベンチを、あなたが去ったあと、見つめるだけだ。でも、それゆえ、一抹の淋しさとともに優しさをも感じさせてくれる。少し途方にくれた姿とともに、慈しみや慎み深さに溢れた主人公の姿が沸き立ってくる俳句だ。

季語は「秋の日」(秋)。『水のかたまり』所収。

## 偏愛

山本たくや

「柿食へば鐘が鳴るなり法隆寺」の俳句で、すっかり「柿好き」となった子規。思えば、本書の主役である坪内稔典も子規に似ているところがある。「ネンテン」と言えば、「あんパン」や「カバ」と言われるほどに、世間ではそのイメージが定着しているからだ。

夕立の中心になるカバのデカ
哲学の日和ぐちゃっと赤いカバ
文旦とカバは親戚ねんてんも

十二冊目となる最新句集『ヤツとオレ』にも「カバ」が多く詠まれており、右の「文旦」の句にいたっては、自分とカバを親戚関係においている。これほどまでに作者の愛は「カバ」に偏っている。

ジャンルを問わず、芸術家には物事に執着する性質があるようだ。草間彌生や草野心平が、「水玉模様」や「蛙」に固執し作品に多く使われていることからも、そのことが言えるだろう。

一般的に「偏愛」という言葉のイメージは悪い。しかしながら、人はその対象を求め、愛し続ける。それはなぜなのだろう。

そんなことを考えていると、大学時代に受けた坪内稔典の講義を思い出した。受講生を二つに分けて、一方には主語を、もう一方には動詞をそれぞれ紙に書かせる。坪内がランダムに主語が書かれた紙と動詞が書かれた紙を取り、板書する。黒板には多くの短文が並ぶわけだが、そのほとんどが無茶苦茶な文章である。「馬が飛ぶ」・「学校が食べる」・「コーヒーが滑る」等々である。確かに、これらは文として現実的にありえない。しかし、坪内はこれがフィクションであり、文学なのだと言う。

坪内は取り合わせの技法を用いて、言葉の世界がいかに自由であるかを伝えてくれた。そして、言葉で表現した世界が現実離れしていればしているほど、その言葉には面白味があり、芸術作品にもなるのだとも。なるほど、それを思うと、人が特定の対象に偏愛をする理由がわかってきたような気がする。

対象を、一般的な「好き」を突き破って「愛し求め続ける」。当事者からすれば、「偏愛」という感情はそれだけで、現実と離れた世界へ連れて行ってくれるものなのだ。坪内の例で言えば、「あんパン」や「カバ」がそうであり、またそれ自体が坪内にとっての俳句、つまりはフィクションなのだろう。周りから見ても、好きだ好きだと求めている姿は、それだけで誇張された面白さがある。

七十歳を越えた坪内であるが、彼のように一般的な「好き」を突き破っている俳人は、そうそういない。

# 雪（ゆき）が来（く）るコントラバスに君（きみ）はなれ

「海がみたい」女が突然言った。男は黙ってエンジンキーを廻した。二人を乗せたポルシェ・カイエンはビルの谷間を滑って行く。ターボエンジンが唸る。もう、空が白み始めている。

誰もいない冬の海。寒風が身体を刺す。沖の鈍色の雲が白く煙っている。もうすぐ雪だ。男が呟いた。「コントラバスに君はなれ」「えっ？」それきり二人は黙って海を見つめていた。しばらくして女が言った。「ありがと」

愛は時に不自由を強いる。それを厭わぬ心こそ。

季語は「雪」（冬）。『水のかたまり』所収。

おおさわほてる

## 風花はたとえばカインのこぼす息

『創世記』によればカインは嫉妬から弟アベルを殺してしまう。結果エデンの東に追放され、貧苦から逃れられなくなった。「カインの末裔」である私たちも、生きる辛さに今日も息をこぼす。

息とは生きる事そのもの。そしてアベルには息という意味が。だからこの句はアベルはカインと共に生きていると言っている。兄弟は赦されてあるのだ。

作者はアベルに息という意味があることを知り、ついには風花と取り合わせた。風花はカインのこぼす息＝アベルと解きつつも「たとえば」と断定を避けている。ひらがなで表記されていることに、限りない優しさを感じるのは私だけであろうか。私たちの生は時には人生の荒野に凍りつき、風花となって輝くのだ。

創世記が思い浮かばなければこの句はどう読むのだろう。連れ合いはカインは雪の妖精だと言った。

季語は「風花」（冬）。『高三郎と出会った日』所収。

おおさわほてる

# 行く春の野犬はボヤという感じ

「行く春」は、過ぎ去ろうとする春を惜しむ心情的なもの。「ボヤ」は、小さな火事。或は大事に至らないうちに消し止められた火事。広い野原をゆったりと野犬が歩いている。時々立ち止まり周りを見るが、あえて気に留めることもしない。野犬は時には怖い行動もするが、行く春の中で、この野犬はただ我が道を歩いている。それは大事に至らぬボヤのようなものと感じた。行く春の心情が野犬の行動をそのように感じさせたのであろう。ボヤは時には大火事になる手前だ。この野犬も時には危険な行動をとるかも知れない。心情や感覚では表せない行動を。

最近は野犬を見なくなった。もっとも私の住まいが野犬のいない街中になったためか、ごみの収集方法が整理され野犬が餌を得るような場所が無くなったためか。この句のように野犬と出会ってみたい。

季語は「行く春」（春）。『高三郎と出会った日』所収。　岡　清範

# 月欠けて高三郎と出会った日

高三郎って誰？　と思う人は多いのでは。高三郎は植物の名前。キク科でタカサブロウ属までである。なぜ高三郎と言うかは不明らしいが、本州から沖縄まで、水田の畔や湿った道端に生え、開花時期は八月から九月らしい。私もきっと出会っているが、この名前を知らなかっただけ。作者もきっと日ごろ見ている雑草の名前を改めて「高三郎」と知ったのではないだろうか。それが「高三郎と出会った日」。或いは、「月欠けて」とあるので、夜の畦道などで改めて高三郎を見て、昼間と異なる高三郎との出会いを感じたかも知れない。

この句、「高三郎」は季語として歳時記には載っていないが、開花時期が八月から九月となれば、この期の季語となるのでは。俳句を通して新たな言葉を知り、俳句を詠むために新たな言葉を見つける。これも俳句の楽しみだろう。そうでしょう高三郎さん。

季語は「高三郎」（秋）。『高三郎と出会った日』所収。

岡　清範

# 一羽（いちわ）いて雲雀（ひばり）の空（そら）になっている

もちろん天空の雲雀の姿は見えない。ただその囀りが空をひとりじめしている。そんなに大音響を轟かせている訳ではないのに、空の隅々までを独占してしまっている。と言っても、空に変化がある訳でもなく、他の鳥が侵入できなくなる訳でもない。それでも「雲雀の空になっている」という平淡な言い切り方には、それを納得させる力がある。

ところで、いつものことながら、あの囀りの一生懸命さ。途切れることなく歌い続け、いったいいつ息継ぎをしているのだろう。それも飛び続けながらなのだから大したものだ。これもみな恋のなせる技だそうで、繁殖期の雄は、連れ合いを求めて、何はばかることなく愛を歌い続ける。

歌い終わった雲雀は、恋が成就したらその生を終えるのだろうか。人間のように生き続けることの方が、本当は辛いのかもしれない。恋に生き、恋に死す、なんてね。

岡野直樹

季語は「雲雀」（春）。『月光の音』所収。

# ころがして二百十日(にひゃくとおか)の赤(あか)ん坊(ぼう)

普通赤ん坊はころがさない。そもそも自分でもまだころがれないからこそ赤ん坊なのだ。なのに二百十日には赤ん坊をころがすという。

二百十日とは立春から数えて二百十日目のことで、江戸時代に雑節として暦に記載されたそうだ。新暦では九月一日あたりで、ちょうど稲の開花期にあたり、台風がよく襲ってくるので、二百十日には警戒を呼びかける意味があるという。

台風が接近する中、台風なんぞに負けない強い子にするために、草原の上で赤ん坊をころがす。なぜか十二回。そんな風習を守り続けている村が、広い世界に一つくらいあってもいい気がする。赤ん坊はきっと笑顔でころがされていることだろう。

一生の中赤ん坊と暮らすのは、自分の子を二人持ったとして二、三年だろうか。考えてみると短い間だ。赤ん坊という、誰かにずっと世話されていないと生きていられない期間。大人になると忘れがちだ。

季語は「二百十日」(秋)。『月光の音』所収。

岡野直樹

# 枯(か)れ野(の)では捕鯨(ほげい)の真似(まね)をしろよ、なあ

小倉喜郎

「枯れ野」といえば草が一面枯れてしまい、乾燥した野原が続いている感じ。もの悲しく感じたり、わびしく感じたりもする。しかしこの句はそんな感じをあまり受けない。それは話しかける口調で書かれたためであろう。また枯れ野で鯨や漁師の真似ならば想像できるが、「捕鯨の真似」はちょっと予想外であり、そのことがかえって季語と呼応して、読者に心地よい読後感を与えている。

このような語りかけの句は作者の句にときどき見られる。いったい誰にどのような気持ちで語りかけているのか想像するのも楽しい。実はこの句はネンテンさんの俳句仲間の追悼の句として書かれたもの。その人物を知る読者はその人物を思い、また知らない読者はその人物がどのような人だったのか想像することも鑑賞の楽しみとなる。通常作句の経緯は読者に知らせないのだが、この句の場合一句で二度味わえる。

季語は「枯れ野」(冬)。『月光の音』所収。

# 口あけて全国の河馬桜咲く

全国の桜が咲き、それに合わせるかのように全国の動物園にいるカバが大きな口を一斉に開けることを想像してほしい。なんと楽しいことか。そんなことあり得ない、などと考え込むのは野暮。確かに日本列島は長い。だから桜も一斉には咲かないし、カバも一斉に口をあけることなどないのだが、この句を読むと、そんなことが当り前のように起りそうで不思議。これも作者のいう「片言」の力であろう。

俳句の世界ではネンテンといえばカバ、カバといえばネンテン。彼は全国のカバと友達なのである。たくさんあるカバの句の中の代表句のひとつ。ネンテンさんとカバとは特別な関係だといえようが、この俳句はそんなことを知らなくても、読んだ瞬間に顔がほころんでしまう。ちなみにこの句は「桜のころ(六句)」として、その一句目にあり、六句目には「全国の河馬がごろりと桜散る」がある。

季語は「桜咲く」(春)。『月光の音』所収。

小倉喜郎

波音が月光の音一人旅　尾上有紀子

作者は愛媛は佐田岬半島の生まれ。波音が子守歌。今は都会のニュータウンで暮らす。同郷の愛妻とカバ訪問、句会、講演会、研究会と日本全国を駆け巡る。この句は海の近くの街を一人で訪ねた月の夜。仕事の関係者との懇親会でビール片手にその土地の肴に舌鼓を打つものの、二次会は辞して宿に入る。話し相手はなく、窓の外には海が広がる。波の音は懐かしい気持ちにさせてくれる。海に映る月が波に揺れている。海の匂いを感じながら、ふと子どもの頃の出来事を思い出し、父や母を想う。

子どもの頃の私は寝る前に布団の中で本を読むのが習慣だった。本を閉じ、電気を消すと、波の音が聞こえてくる。枕元に穏やかな波が寄せてくるように。思えば、大学時代を除いたら、川の側か海の見えるところに住んできた。現在の住まいからは、天気のよい日には関西空港を飛び立つ飛行機が見える。

季語は「月光」（秋）。『月光の音』所収。

# ふわふわの闇ふくろうのすわる闇

冬の夜、森の中で黄色く光る猛禽類のふくろうの眼を見つけたら、どきっとするに違いないが、この句のふくろうは「ふわふわの闇」にいるので思わず抱きしめたくなるかも。「ふわふわ」は雪？綿？毛布？毛糸？フリース？それとも作者の髪の毛？　その「ふわふわ」が冷たい闇を温かくする。また「ふくろう」とひらがなで表記することで、やさしく、やわらかいイメージになる。そしてふくろうが木の枝に姿勢良く留まっている姿を、立つとか留まるとかではなく「すわる」と詠むことで、安定感や安心感を感じさせてくれる。

ふくろうは「森の物知り博士」や「森の哲学者」と称して人間に親しまれ、「不苦労」や「福来郎」と漢字変換して幸運を招くキャラクターにもされており、我が家にも木彫りにガラス、陶器、ぬいぐるみとたくさんのコレクションがある。

季語は「梟」（冬）。『月光の音』所収。　　　　尾上有紀子

# 商標

藤井なお子

　超結社の句会で、指導者らしき人が出句された俳句に対して曰く、「歩数計なら良いけれど万歩計は商品名だから許されないのですよ」。聞くところによると商品名など約二〇〇〇語がリストアップされているという。そんな方々からは眉を顰められそうな商標の入った俳句が、人気の第四句集『落花落日』に多く収められている。坪内稔典三十九才。時代は、東京ディズニーランドが開園、任天堂のファミコンが発売、バブルの始まる直前のころのこと。

　作者による後書きには「七転八倒した結果、ことのほかに爽快であった」と記されている。どんな七転八倒があったのかは、それ以前の句集を読むと解ってくる。商標の俳句は、俳句とは何かを追い求めた苦心の末に咲いた花の一つなのかも知れない。

　神が水っぽくなる　秋よ　ベンチは黒く浮遊せよ（第一句集『朝の岸』）
　山頂の蜂飢えまひるのなみがしら（第二句集『春の家』）
　ひきだしの臍の緒を呼ぶ秋の道（第三句集『わが町』）
　春風に母死ぬ龍角散が散り（『落花落日』）

この時期の母の死。稔典さんの心に影響を与えない訳がなく、ふっと転換したように見え、商標の俳句が作られてゆく。

ボンカレー匂う三月逆上り

春の夕方、お腹の空いた小学生がひとり鉄棒で回る。その時代のその時のその匂いがする。百年後の人に解るか？と心配されるかもしれないが、私の平成生まれの子どもたちは既に「土間」の匂いを知らない。

五月闇日清サラダ油揺れに揺れ

闇のそのまた闇の中で波打つ油。当時はサラダ油は缶で販売されていたと思い出すのは「日清」という現物を想像するからだろう。「俳句を書く根拠は現実の迫真性のなかにしかない。」(俳句持論ノート㈠）に呼応する。

そう言えば、俳句の中に据えられたこれらの商標は、読者の脳裏に多くのイメージを喚起させる。先の「万歩計」と「歩数計」の問題とは次元が違うことに自ずと気付く。一見軽く見られても、実はその底に脈々と言葉への真剣さが流れているようだ。純な生き方は純な言葉を求め、純な俳句が生まれた。

商標俳句の後には軽快な甘納豆の連作へと続き、そして「俳句は一種の片言にすぎない。」という覚悟の世界へ向かう。

## 惜しみなく捨てよ忘れよ春の波

命令形で「捨てよ忘れよ」と畳みかけるようにリフレインする印象的な一句。何を捨てるのか、何を忘れるのか。人生の岐路を迎えた頃には、捨てるべきもの、忘れるべきものがいくつもある。失敗、挫折、後悔…。そのまま抱え込んでいても仕方がない。過去にこだわっていては前に進めないのだから。命令する相手は、おそらく自分自身に対してであろう。「さあ、心を決めよう」と作者は自ら励ましているようにも取れる。

作者は愛媛県の海の近くの出身。子どもの頃から、海を見て育った。海風の吹く春の陽ざしのなかで寄せては返す波に向かっていると、「もう捨てていいんだからね、もう忘れていいんだからね」と波から許されているような、そんな経験をしたのかもしれない。「春の波」は、ゆったりとした春の趣のなかで若さをも象徴している。人生はまだこれから続くのだ、という暗示も汲みとれる。

季語は「春の波」(春)。『月光の音』所収。

川上恭子

## 今、君は帆船冬の大三角

スケールの大きな喩を持つ清新な一句。「君」がもし女性なら、愛するその人は今、冬の星空のもと、作者の腕のなかで生き生きと熱く息づいている。また、「君」がもし男性なら、自らの人生を切りひらく雄々しい姿とも取れる。いずれにしても、「帆船」のイメージには、健康的で美しく溌剌としたエネルギーが漲っている。空には「冬の大三角」と呼ぶ星座がひときわ力強く光る。真冬の夜の航海。さあ、今からどんな人生の冒険が始まるのだろう。

「今」の後の読点「、」が句に独特なリズムを刻み、まさに今この瞬間を切り取ろうとした切実感がある。「帆船」と「冬の大三角」の取り合わせが秀逸。「海」と「空」、「動」と「静」、「今」と「永遠」の対比がみごとだ。「三角」は、「帆」の形や胸郭筋の発達した逆三角形の男性の身体のイメージとも重なる。作者の類句に、「春暁の君は帆船 帆を開く」「君はいま大粒の霰、君を抱く」がある。

季語は「冬の大三角」（冬）。『月光の音』所収。

川上恭子

## みんなみんなちんちん軽く秋の橋

川嶋ぱんだ

秋の橋からは何が見えるのだろうか。川の水は澄み、木々は紅葉し、山は全体が真っ赤に色づいている。男らは、すぐに何かに目を奪われて、どこかへ行ってしまう。中年になると特にそうだ。男の一団は、みんなてんでばらばら。見たいものを見て、食べたい物を食べ、買いたいものを買って。ちんちんが重かったら、そんな自由なことはできない。自分勝手はちんちんがついている者の特権だ。だから、この句は男の自分勝手さを肯定している。

そういえば、ある秋の日のことだが、愛知県碧南市の大浜町で、私はネンテンさんに会った。「大浜てらまちウォーキング」という地域のお祭りに来ていたのだ。晴天に恵まれ、ネンテンさんも、私も、イベントに参加した男たちは、みんなみんなとてもちんちんが軽かった。小さな港町だが、優雅にブラブラした。とてもよいブラブラであった。

季語は「秋」（秋）。『月光の音』所収。

# 老犬(ろうけん)をまたいで外(そと)へお正月(しょうがつ)

川嶋ぱんだ

　お正月には親戚一同が集まって新年のあいさつをする。そして、子どもたちは、お年玉を楽しみにしているし、大人たちは昼間から飲める酒を楽しみにしている。朝から玄関は人が出入りし、バタバタしているのだが、そこで老犬が寝ているのである。この老犬、数年前までは元気よく家族と一緒に、外に出ていたのであろう。だけど、今では玄関で寝ているところを家の人たちがバタバタ跨いでいく。そんなことお構いなしで、老犬はぐっすり寝ている。「君、ずっと寝ているの？」と人間は老犬に言いたくなる。そうしたら、老犬の方は人間に「起きているけど、動きたくないんだよ」と言いたげ。

　こうして毎年変わらないようなお正月も、少しずつ変わっていくのだ。犬と人間の時間は少しばかり違うのだから、人間の都合で動いてもらっては困るよな、老犬。

　季語は「お正月」（新年）。『ぽぽのあたり』所収。

# 象印ポットの口が薔薇のそば

仕事のないある日、昼すぎに寝起きのままぼさっと食卓に座る男。しばらくして気づくと、視線の先に、使い込まれた象印ポット。その隣に、薔薇が一輪活けてある。母が活けたのか、それとも妻が活けたのか。生活感あふれるアイテム「象印ポット」と、優雅な薔薇の組み合わせ。日々の生活に疲れ切っていたはずが、ふと、自分の暮らしは悪くないかも、と感じる。

「象印ポット」は白地に大きな花柄がプリントされた魔法瓶のことだろうか。機能やデザインはどんどん進化しているため、読み手の年齢によって浮かぶイメージが違ってくるだろう。固有名詞を使ってある程度は限定しているが、その先は読み手次第だ。ポットの口が薔薇にキスしようとしているようにも想像できてユーモラス。摩訶不思議なこの句から、家族のドラマが次々と頭に浮かんでくる。

季語は「薔薇」(夏)。『ぽぽのあたり』所収。　　紀本直美

# 睡蓮へちょっと寄りましょキスしましょ

睡蓮へちょっと寄ってキスするって、どこの誰？　人前で堂々とキスをする昨今の若い人たちは「キスしましょ」なんて言わないだろうし、私のイメージでは睡蓮のそばにいるのは、家族連れや老夫婦だ。キスしそうな若者はあまりいない気がする。

この句は発表当時、生真面目な俳人から「生きることの切実さが感じられない」と反感を買った。それに対し「日常語を用いた軽い調子の句だが、この調子は、睡蓮を通して心身のこわばりをほぐした結果。そんなほぐれた心身を確保しないと、生きることの切実さに深く触れることができない」と作者は述べている（『季語集』岩波書店）。

自分の人生で絶対言えない台詞だからこそ、声に出して読んでみると、くすぐったくて、何かから解放されたような気になる。読み手の感性が試される句である。

季語は「睡蓮」（夏）。『ぽぽのあたり』所収。

紀本直美

# 合歓（ねむ）咲いて空（そら）の渚（なぎさ）であるような

合歓の花（実際は雄しべ）は中心から外側へと色が濃くなっていく。枝っぷりのいい木だと、塀から外へなだれ出るように咲いているのを見かける。その美しい濃淡の集団は、さながら空という海から泡だちつつ寄せてくるゆるやかな波である。

夜になると葉が閉じることから「ねむ」と名付けられたというこの「ねむ」という音も、夢うつつの時に味わう「あの世の感覚」を呼ぶ。「あるような」という余韻を残す下五からしても、この句の渚はやはりこの世の渚ではないのであろう。何せ波にあらざる淡紅色でやさしく空から寄せてくるのであるから。合歓の花の、なんともいえぬ甘い香りは天上の極楽浄土からの誘いであろうか。

初夏の夕暮れに死ぬ人は、この句を思い出してほしい。この句を一度味わった人には、そこに合歓の木がなかろうと、必ずや極彩色の合歓の花が空から寄せてくることだろう。

季語は「合歓の花」（夏）。『ぽぽのあたり』所収。

朽木りつ子

# N夫人ふわりと夏の脚を組む

冒頭から抽象的な「N夫人」、と来た。そしてその後の「ふわりと夏の脚を組む」。具体的で色気のある動作。その対比が非常なる浮遊感を醸し出している。「ふ」の音の連続で、抽象と具象をうまくつなげてあるあたり、お見事！

夫人には顔がない。顔がなくて脚の動きだけを読者にまず見せる。膝丈のスカートが動いて、小さな風が立つところまで感じることができる。「N」によって隠された顔は、平安時代の高貴な女性が使う扇のようだ。首から下の部分に視線は誘導されながらも、空想や妄想は隠された顔の部分に強く働く。隠された「N」の部分の魅力が倍増する仕組みだ。

私が小学生時代によく読んだ星新一の小説に「エヌ氏」はしばしば出てきた。エヌ氏は誰でもあって誰でもないSF小説の主人公としてぴったりだった。この句はそれとは違って、「N夫人」が一体どんな人なのかに読後の焦点がある。星新一氏の小説とは逆の使い方なのだ。季語は「夏」（夏）。『ぽぽのあたり』所収。朽木りつ子

## 立春（りっしゅん）や心（こころ）にちょんと鬼（おに）がいて

　立春の前の日、豆まきによって追われた鬼たちだが、この小さな鬼はうまく心の片隅に隠れとおし、無事に立春を迎えることができた。小さくて、気弱な鬼。皆が生命の芽吹く春を喜びの気持ちで迎える中、鬼もその浮かれた気分に誘われて、思わず隠れ場所から出てきたらしい。「ちょんと」という表現に、自分の分身でもある鬼への愛を感じる。

　掲句は、一九九六年「追悼の辞」と題のつけられた九句のうちの一句。慶事であり歓迎される季節である春ではなく、忌み嫌われる鬼に焦点を当てた句は、何事をも受け止めてくれそうな安心感と包容力を内包する。心にちょんと鬼がいる自分を受け入れられるからこそ、他者を思いやり、理解し、助け合おうという思いを抱けるのかもしれない。小さな鬼と共に立春を迎えられる喜びを満喫する心の豊かさを失わずにいたい。

　季語は「立春」(春)。『ぽぽのあたり』所収。

工藤　惠

# 立冬（りっとう）や客観的（きゃっかんてき）に桜（さくら）の木（き）

花が咲く頃は崇められ、人々に主観的な感情を抱かせる桜の木は、しかし、花の季節を過ぎると、日常風景に溶け込んで、夏秋冬の時を過ごす。立冬の日、そんな桜の木を何気なく見上げた作者は、そういえばこれは桜という名だったなあと客観的な目で木を見上げたのだろう。

立冬の頃の桜の木の姿をたしかに思い浮かべることができない。冬半ば、近所の桜並木の下を歩きながら影のないことに気づき、はっとして見上げ、すでに葉を落としていることに気づくのがほとんどだからだ。

かつて通っていた大学のすぐ近くに結婚を機に移り住んで十数年。桜の木の下を数え切れないほど歩いて、たくさんのことを話したり、考えたりした。これからも、きっとそんな日が続く。そんな私のそばで、木はいつまでも「桜の木」としてあり続けるだろう。

季語は「立冬」（冬）。『ぽぽのあたり』所収。　工藤　恵

# 故郷

河野祐子

坪内稔典先生は、愛媛県南予の出身だ。

私が初めて坪内先生に会ったのは、京都教育大学である。

坪内先生は、

「河野さんは、愛媛のどこの出身ですか。」

と、おっしゃり、私は、

「宇和島市の隣の吉田町（当時）です。」

と、言った。坪内先生は、

「じゃあ、僕と同じ南予の出身ですね。」

と、おっしゃった。

坪内先生の故郷は、伊方町のあたりだと知った。

伊方町は、私も行ったことがあった。従姉妹がお嫁にいった土地だ。山があり、海が生活の近くにある町である。わたしの田舎もみかん山があり、小学校の窓からは、いつも海が見えたので、同じような風景である。

「あぁ、坪内先生も南予からやって来た人なんだな。」

私は、何だかうれしくて、実家の母にもすぐ電話をして伝えた。愛媛県出身といっても、愛媛は「東予」「中予」「南予」の大きく三つに分けられるので、愛媛県の南予出身というのは、さらにうれしいのである。

学生時代に、私が、南予の実家に京都から電車で帰る時には、まず京都から岡山まで新幹線に乗り、岡山で特急電車に乗り換えていた。特急電車で、瀬戸大橋を渡り、少し香川を通り、まもなく愛媛に入る。初めに通るのが「東予」、そして次が「中予」、最後が「南予」となる。つまり南予は、愛媛の中でも本州から一番遠い。むしろ、わたしはいつも、愛媛に入ってからの方が、南予が遠いのを感じていた。愛媛に入っても、なかなか辿り着けない。それが、南予である。愛媛といえば、松山が有名だが、松山は中予である。ちなみに、特急電車の終点は、私も利用していた宇和島駅なので、さらに南予の南に行く場合は、バスや自動車にのりかえなければならない。

私は、京都と宇和島の往復はいつも、特急電車の中で眠っていた。始発から終点までなので、五・六時間ぐらいゆっくり眠ることができる。南予で育ってきた子は、おしなべてそれくらい楽観的である（多分）。

坪内先生は、故郷の話をする時に「南予」という言葉をよく使う。その言葉を聞くたびに、私と同じように、故郷「南予」を誇りに思っているのだな、と私は感じている。

# たんぽぽのぽぽのあたりが火事(かじ)ですよ

この句を前に、誰もが立ち止まり、一瞬迷って、「ぽぽのあたりって、どこだろう?」と考える。そして、そこが火事とは、一体なにごとだ?

解答は、いくつも考えられる。絮毛のふわふわした様子が火事に見えることもあるし、根っこのあたりからわき上がるパワーを感じることもある。葉っぱのぎざぎざもあやしい。加藤楸邨は「たんぽぽのぽぽと絮毛のたちにけり」と詠んだが、これは絮毛に限定しているので想像がふくらまない。坪内流の「ぽぽのあたり」は、火事という緊急事態を前にのんきに話せる、そんな「あたり」なのだ。無理に実景にあてはめると、とたんに面白さがなくなる。文字や音から連想して、句のもつ謎を楽しむのが一番の正解だろう。

ちなみに、この句には「たんぽぽのぽぽのその後は知りません」という続編のような句があり、読者の悩みをふわりとかわす。

季語は「たんぽぽ」(春)。『ぽぽのあたり』所収。

久留島元

# こんもりと百年（ひゃくねん）があり野（の）ばら咲（さ）く

久留島元

公園の散歩道、だろうか。「こんもり」茂っているのは「野ばら」である。しかし、その「こんもり」は、「百年」の月日そのものが「こんもり」と茂っているように読み取れる。「百年」という重さが「こんもり」というやわらかで、かつ存在感のある、ゆたかな形容を得て、はなやかに「咲く」。大木の百年ではなく、ささやかに月日を重ねてきた低木の百年であるからこそ、「こんもり」の重さがある。この花は百年の月日を経て開いたようで、みごとに美しい。

野ばら（野薔薇）といえば、クラシックの名曲の名前であったり、ゲーテの詩であったり、西洋詩の重々しいイメージがある。一方で「野茨」「花茨」であれば、歌語として多くの和歌、俳句が引き寄せられる。可憐な花であるけれど、洋の東西をふまえた豊かな背景をもつ、初夏の季語である。

季語は「野薔薇」（夏）。『ぽぽのあたり』所収。

# 月光（げっこう）の折（お）れる音蓮（おとはす）の枯（か）れる音（おと）

蓮の花は咲く時に音がするらしい。

早朝、結構大きな音で「ぱかっ」とか「ぽん」とか。実際に聞いてみたことがないので本当かどうかは定かではないけれど、咲く時に音がするのなら、枯れる時にも音がするのかもしれない。

ここでちょっと疑問なのが枯れる時というのは咲く時よりもっと時間がかかるのではないのだろうかということだ。ゆっくりとじんわりと、そういう状態になるものであるから、なかなか物理的に「枯れる音」というものを想像することが難しい。

しかし「月光の折れる音」と並列されることによって、ぐんと想像力が掻き立てられる。「月光が折れる音」それは月の綺麗な夜のちょっと幻想的な心象風景だ。そう、この句は心理的な光景なのだけれどそれがあたかも物理的な光景でもあるかの如く見える。それはやはり「月光」のマジックか。

季語は「枯蓮」（冬）。『ぽぽのあたり』所収。

黒田さつき

## 殺人（さつじん）があったぱかぱかチューリップ

ここでのチューリップは植物のそれではなく、パチンコ台のチューリップ。いわゆるハネモノというやつで、「ぱかぱか」は玉の入る所が開いたり閉じたり盛んな「大当たり」の状態。ドル箱にどんどん銀色のパチンコ玉が貯まっていく、嬉しい状態だ。

「殺人があった」のも、パチンコで大当たりをしている「ぱかぱか」も同じ世界で起こっていることである。

「ぱかぱか」はちょっと嬉しいのだけれど、同じ世界のどこかで悲しい事件が起こっていて、「こんなことしていていいのかなぁ」という、ちょっとしたジレンマが描かれている。

パチンコ店といえば、あの物凄い騒音に一種の異空間さえ感じるのだけれど、人間にとって、異空間に身を委ねるということは、生きていく上で必要不可欠な事なのかもしれない。季語は「チューリップ」（春）。『人麻呂の手紙』所収。黒田さつき

## 蜂の巣太る四月五月とふしだらに

蜂の巣は、大きな栄養の塊。蜂の巣ができるときの層は、脂肪の肉割れ線のよう。四月五月というエネルギー溢れる季節に、二ヶ月もの間じっくりと養分を蓄えるだけ蓄え、今やでっぷりとした腹のようにだらしくなく太り、ぶらんぶらんとぶらさがっている蜂の巣。「太る」「ふしだらに」は、擬人化。蜂の巣が生き物のように意志をもってそうなった、と作者は感じている。「ふしだらに」は、蜂の巣の外見のふしだらさ（だらしないくらい不格好）も、内面のふしだらさ（本能のおもむくままに養分を溜め込む）も表現しているだろう。また、この蜂の巣は、今はまだ小さな蜂の巣かもしれない。これから四月五月と太っていくであろう蜂の巣の様を作者は想像している。この句は、無季。作者はあえて季節を決めることを拒み、その想像の幅を蜂の巣の太る様のように読み手に広げている。

河野祐子

無季。『人麻呂の手紙』所収。

## 三月（さんがつ）の土（つち）を落（お）としてこんばんは

河野祐子

「三月の土」とは、植物が土の下から顔を出したり、生き物が冬眠から覚めたりする春の土のことだろう。「こんばんは」とあるから、この植物か生き物は、うっかりはやく目覚めてしまったか、寝過ごして寝坊してしまったか。ちょっとうっかり者の感じが、かわいらしい。

もしかしたら、これは人かもしれない。待ち合わせをしていた人の靴かズボンの裾か、はたまたどこかから三月の土が落っこちてきて、その人がただ今冬眠から覚めて山から下りてきた寝ぼけた熊のような感じで、「こんばんは」とやって来たら、ほほえましい。「土」「落として」は、重くて暗いイメージの言葉だが、「三月の土」とすることで、そこにあたたかみや明るさが感じられ、そこには、あたたかい月の光の下でほほえましく春を感じている作者がいる。

季語は「三月」（春）。『人麻呂の手紙』所収。

# 柿若葉カミさんと地図買いに出て

近藤千雅

「柿若葉」は新緑の頃、つややかにもえぎ色に光る。若葉の代表。柿の木は庭木としてポピュラーなため、家々の庭先も明るく初夏の装いとなる。作者は特に柿の若葉が好き。柿若葉を眺めていると気分がのびやかになるそうだ。この句は庭の柿若葉を妻と眺め、旅心を誘われたのだ。早速、妻（カミさん）と地図を買いに出かけた。

作者は旅行好き。全国のカバに会いに出かけたり、柿を訪ねたりなさる。「そんな私の目下の楽しみは、奈良県西吉野村にある柿博物館を訪ねること。西吉野村は柿の産地として知られるが、日本初のその柿博物館には敷地内に約二〇〇種の柿が集められているという。」（『季語集』）とある。奥さんは車の運転がお好きなので、ドライブ旅行の道路地図を買いに出られたのかもしれない。ご夫婦のうきうきした軽い足どりが感じられる。

季語は「柿若葉」（夏）。『人麻呂の手紙』所収。

## 恋人とポンポンダリアまでの道

「ダリア」は晩夏に咲く生命感の強い花。花形が手毬形のものが「ポンポンダリア」。メキシコ原産で、江戸時代にオランダ船で渡来した。スウェーデンの植物学者アンデルス・ダールの名から付けられ、世界各国の王侯貴族から愛された逸話もある。そこからマリーアントワネットやオスカルの恋がすぐに思い浮かぶ。その恋は熱くて激しい危険な恋であり、切なく悲しい恋でもある。

この句はポンポンダリアを恋人と見に行く途中を読んでいる。ダリアは夜間の気温が低い高原や山間地で楽しめるので、目的地は、高原の牧場、避暑地、もしくはベルサイユ宮殿のようなところ。

恋愛は成就してしまうと面白くない。その過程がドキドキしてドラマチック。ポンポンダリアを見に行く道すがら、恋人と話に花が咲いたに違いない。楽しそうな二人の情景が目に浮かぶ。

季語は「ポンポンダリア」（夏）。『人麻呂の手紙』所収。

近藤千雅

父・母・弟・妻、坪内稔典の俳句には家族のメンバーが多く登場する。その中でも一番多く登場するのが、母である。『坪内稔典句集〈全〉』（二〇〇三年沖積舎社刊）全千百五十三句のうち母に関する句は三十四句である。母を詠む句でよく使われるネンテンワードに「縮む」という言葉がある。「あちらでも日向が母を縮ませる」「紅梅の咲くごと散るごと母縮む」「せりなずなごぎょうはこべら母縮む」等と使われている。「縮む」とはおもしろい表現だ。「縮む」という漢字自体がまるでシワが刻まれた老婆がギュっと縮こまっている姿の様に見えてくる。

一方で父は「ほとけのざすずなすずしろ父ちびる」である。「膝抱くと父らしくなる土用波」というのもある。縮んでいく母とは違い父は自ら小さくなっていくようだ。また父と子がセットで詠まれている句もあり、これは母では詠まれない組み合わせである。「父と子と西宇和郡のなまこ噛む」。坪内稔典の俳句の中の父は子の位置に近い存在であり、滑稽で愛すべき存在に見える。

『坪内稔典句集〈全〉』の内二番目に登場するのは父で二十五句だが、僅差の二十三句に登場するのが赤ちゃんである。「皐月闇口あけて来る赤ん坊」「赤ん坊の百人笑う水あかり」。赤ちゃんを詠む句は実物の小ささに反して、無限の広がりを感じる句が多い。また呼び方も「娘」や「我が子」といった作者との関係性を表す物ではなく「赤ちゃん」「赤ん坊」である。この呼び名は特定の誰ということのない「赤ん坊」という生き物を詠んでいるようでもあるし、みんなの物といった印象を受ける。それに対して「母」は私の母だ。私の為に生きてくれた母なのである。

新しい命が生まれるということは前代の命がしぼんでいくということでもあるのだ。愛すべき赤ちゃんの存在が大きくなるに連れ、まるで母が縮んでいくかのようだ。「縮む、縮む」繰り返されるこの言葉は、時間の流れに抗いたい作者の「おかあさん、おかあさん!」という叫びにようにも聞こえる。「縮む」ということはそれだけ母の存在が作者の中で大きかったということであろう。縮んで縮んで、母は亡くなる。そしてその死を超えて句は「梅咲くや天心にいる母と叔母」となる。叔母は母の妹であろうか。空の真ん中にいる楽しそうな母と叔母。句には大らかさがある。母は死んで後、また大きな物として作者の中に戻ってきたのだ。

# 秋の穴半日掘ってそのままに

秋に穴を掘るのは、動物の習性。冬に備えて食糧を蓄えたり、冬眠をするための居住まいを整えたりとあらゆる穴を掘る。私の住む北海道では、雪が降る前の道路工事が急ピッチに進められたり、畑の一角に穴を掘り越冬野菜を埋めたりする。最近では、この野菜が美味しいと評判となり、「雪の下大根」などと一部ブランド化され、流通している。

さて掲句だが、作者は大阪在住。農家ではない。河馬好きだが冬眠することはまず考えられない。そこでこう読みたい。ある秋の日、作者は衝動的に穴が掘りたくなった。そこでスコップを取り出し、庭の一角に穴を掘り始める。何か目的があるわけでもなく、本能的に掘っている。こんなことは、俳人である彼にとって珍しいことではない。半日たった頃、突然その衝動がおさまる。その穴は、そのままにして普通の生活に戻る。人間の潜在的な動物的本能が「秋の穴」として具象化して面白い。季語は「秋」(秋)。『人麻呂の手紙』所収。

佐藤日和太

# 十月(じゅうがつ)の薔薇(ばら)ランボーの腐乱体(ふらんたい)

句集『百年の家』に収められている作者の句に「ブルームーンという薔薇へ行く十月は」がある。ここから「十月の薔薇」は、「ブルームーン」と想定していい。花言葉は「神の祝福」。高貴な香りを放つらしい。「ランボー」は、シルベスター・スタローン主演の映画「ランボー」と捉えても面白いが、ここは素直にフランスの詩人アルチュール・ランボーでいいだろう。言わずと知れた十九世紀フランスの象徴派を代表する詩人の一人だ。

青い月に照らされ暴力的なほど強い香りを放っている「十月の薔薇」。その絡み合う枝の中に作者は「ランボーの腐乱体」を見たのだ。この飛躍は、ランボーを意識した試みだと言ってもいい。「十月の薔薇」と「ランボーの腐乱体」二つの名詞を並べることで言葉の化学反応から詩語を導き出す。動詞がないことで、読者は名詞の持つイメージから、それぞれの背景で様々に読むことができる。

季語は「十月」(秋)。『人麻呂の手紙』所収。

佐藤日和太

## せりなずなごぎょうはこべら母縮む

せり、なずな、ごぎょう、はこべらは、いずれも春の七草。芹は「競り勝つ」、薺は「撫でて汚れを除く」、御形は「御仏体」、繁縷は「繁栄がはびこる」、とその名から、吉事に結び付ける考えもある。ともあれ、一月七日の七草粥を作る際、それらの若菜は呪文のようにその名を連呼されながら俎板の上で刻まれる。その四つの草の名の下に置かれた「母縮む」は、新春、楽しい祝詞と反した現実。また一つ老いた母の老体を描き出している。

この句と対に「ほとけのざすずなすずしろ父ちびる」という句もある。老いを述べた父の句にはまだとぼけた味がある。「菜種梅雨かなたの母がまた縮む」「母縮む日向くさくて飴なめて」(『落花落日』)、「魚くさい路地の日だまり母縮む」(『猫の木』)としきりに縮む母。作者の母が亡くなったのは一九八二年。

季語は「せりなずなごぎょうはこべら」(新年)。『百年の家』所収。

塩見恵介

# 松過ぎのポケットにありロッテガム

塩見恵介

「松過ぎ」は正月八日、門松がとれ、人々が日常に戻る日。ポケットのガムは年末年始、どこかで買ったものだろうか。忘れていた物がふと現れたものである。そのガムは「ロッテガム」。味や形状でなく商標でガムが示され、そのパッケージや味わいを大衆レベルで感じさせられる、聖なる時間と俗な事物の取り合わせの句である。

ちなみに「ロッテ」は『若きウェルテルの悩み』のヒロイン「シャルロッテ」を由来に名付けられた、戦後創業の製菓メーカー。キャッチコピーも「お口の恋人、ロッテ」。この作品発表当時の一九八〇年代代は「雪見だいふく」や「コアラのマーチ」などヒット商品が町に溢れ、「ビックリマンチョコ」など社会現象を巻き起こした商品も。「ロッテガム」の商標名の選択は、『落花落日』以来の作者の作句の傾向で、比較的、時代にヴィヴィットなものだ。

季語は「松過ぎ」（新年）。『百年の家』所収。

# 歳月やふっくらとこの豆ごはん

静　誠司

　作者の目の前には炊きたての豆ごはん。その時脳裏に浮かぶのは少年時代の食卓。彼は母親が作ってくれる豆ごはんが大好物だった。「この」豆ごはんはまさにあの時の豆ごはんと同じようにふっくらとやさしく、つやつやとした豆ごはんなのだ。ああ、母の作ってくれた豆ごはんを最後に食べたのはいつのことだったか。などと、流れる歳月に思いを馳せるのであった。

　などという物語は完璧に私自身の勝手な読みである。しかしこの一句はまるで自分のことを詠んでくれているような気がして仕方がない。私も豆ごはんが大好きで、実家にいた頃はその季節になると母親がよく炊いてくれたものである。しかし、ウチの奥さんは大の苦手で、今の我が家の食卓には豆ごはんが並ぶことはない。自分にとって豆ごはんはちょっとおセンチに（死語）なるメニューなのであります。

　季語は「豆ごはん」（夏）。『百年の家』所収。

## 歳月の素肌のように柿若葉

静　誠司

「歳月の」の「の」をどう取るか。ここでは素直に「歳月の素肌」と読みたい。いわゆる擬人法。今この瞬間を流れる時間は、まさにピチピチのお肌のようなもの。過去になればなるほどカサカサになってしまう。さらに、そんな「歳月の素肌」が柿若葉の比喩となっている。擬人法と直喩による比喩の二重構造。みずみずしい柿若葉はまさに青春のお肌。しかしこの若葉は何年も前から続く「柿若葉」と「柿落葉」の繰り返しの末に今ここに存在できているのだ。

ちょっと理屈っぽいかも知れないが、これが私の解釈。目の前の柿若葉の青々とした若々しさに「歳月」を合わせ見ることによって、より深みが増してくるように感じられる。人間のお肌は葉っぱのように再生しないけど、だからこそ「若葉」ではなくて、歳月を刻んだお肌こそが深い味の染みこんだ素敵なものだと言えよう。

季語は「柿若葉」(夏)。『百年の家』所収。

# 愛(あい)はなお青(あお)くて痛(いた)くて桐(きり)の花(はな)

この「愛」を広く他者へのものと考えると、その表現が直截、直情的であれば、周りから、まだ「青い」と言われ、「痛」い思いもする。男女であれば、愛の行為そのものか。「なお」は、継続、または進行を示す副詞、お互いに伝えきれない愛、変わらぬ愛、自己肯定、開き直り、様々に解釈できる。貝原益軒『大和本草』に「女子の初生に桐の子をうふれば、嫁する時其装具の櫃材となる」とある。庭の桐の木は、女子がいることの目印でもあった。初夏に咲く「桐の花」は高所にあり、仰ぎ見る視線は、立ち止まった人のものだろうか。

「桐の花」は、見上げるものとも限らない。高台から見下ろす森の中、あるいは地面に落ちている花かもしれない。桐は古くから高貴な木とされるが、「桐の葉」は心臓の形、「桐の花」は、芳香を放つ紫の唇のようで、妙に官能的でもある。

季語は「桐の花」(夏)。『百年の家』所収。

鈴木ひさし

## びわは水人間も水びわ食べる

（ルビ：水＝みず、人間＝にんげん、水＝みず、食＝た）

鈴木ひさし

「人間は水びわも水びわ食べる」ならば、人間は大部分が水である、びわもそうだ、だから、びわを食べて水分をとるのだ、と説明になってしまう。この句では、「びわの水」で人間が清浄になっていくようである。あるいは、びわ＝水＝人間で、びわと人間は同等になり、同化していく。この句は、ningen、mizu、biwaの三つの名詞のアクセントの位置に、「イ」の音があり、全体の循環のリズムを作り出している。このリズムがさらに同化を促す。びわは梅雨時、つまり水の季節が食べごろで、まさに「びわは水」である。

びわを食べると、麦畑を思い出す。故郷の麦畑の収穫の時期、麦秋の黄金色は梅雨直前の風景であった。麦秋の黄金色の隣にあったのが、びわのオレンジ色であった。食べ頃は、まもなくやって来る梅雨のころだが、お腹をこわすから子どもはあまり食べてはいけない、と言われていた。

季語は「枇杷」（夏）。『百年の家』所収。

# 木の下のあいつ、あいつの汗が好き

「汗が好き」とは衝撃的な告白である。爽やかなイメージの前半と読点で区切られることで、後半部の読者に与える衝撃が大きくなる。「汗が」という限定的なところに、この主人公はどんな人物なのか想像が膨らむ。思春期の少年が可憐な少女に抱く恋心、でも良いが、ここはあえて男同士の青春を意識してみて味わってみてはどうだろうか。

「あいつ」という言い方はおもしろい。特に十代男子の会話の中に登場する「あいつ」は素敵だ。理由は何であっても「あいつ」は話題の人物なのだ。男女関係なく使うことができ、若さゆえの危うさも、親近感も、粗雑さもひっくるめた瑞々しさがある。そういえば学生時代に『おれがあいつであいつがおれで』という、男女が入れ替わってしまう話があったなぁ、と思い出したら、ちょっときゅんとした。

季語は「汗」(夏)。『百年の家』所収。

滝浪貴史

# そうめんともう決(き)めている青田道(あおたみち)

「もう」が効いている。「青田道」にさしかかる前からずっと今日は「そうめん」と決めていたのである。その潔さが清々しい。とはいえ、「そうめん」と決めてしまうところは何とも庶民的。食べたい、というより、もう今日はそうめんでちゃちゃっとすませましょ、というお気楽さも感じられる。葱と生姜の入ったエコバッグを抱えてスタスタ青田道を歩く姿に、読み手は誰を重ねるのだろう。

そうめんは夏の季語にならないのだろうか。確かに年中あるが、春にそうめんを食べると、何だか季節先取り感があるし、コートを着てそうめんつゆのコマーシャルはないだろう。我が家ではそうめんを食べるときに天ぷらをつけるが、個人的にはミョウガだけでさっぱり食べるのが夏らしくて好きだ。もっとアレンジはできないものかと、パスタソースをかけてみたが、麺が異常に重くなっておいしくなかった。

季語は「青田」(夏)。『百年の家』所収。　滝浪貴史

## 子規

久留島元

坪内稔典にはいろいろな顔がある。俳人、研究者、教育者、歌人、エッセイストなど。その中心にいるのが「子規」である。

坪内氏の著作のなかで「子規」がタイトルに含まれるものを数えてみた。第一評論集『正岡子規　俳句の出立』（俳句研究社、一九七六年）から、『坪内稔典コレクション2　子規とその時代』（沖積舎、二〇一〇年）まで、その数、十二冊。再録など重複もあるが、当人も認めるとおり子規について考えることが坪内氏の基調となっている。

正岡子規は坪内氏と同じ愛媛県出身。慶応三年（一八六七）に生まれ、明治三十五年（一九〇二）、結核と脊椎カリエスが悪化し病没。坪内氏は小学生時代、子規の伝記を読んだ記憶はあったが、大きな関心はなかったという。再会は二十代の末。パチンコで大勝し、古本屋の店頭に積まれていた『子規全集』二十一巻を衝動買いした、という。

三十歳で子規に関する論考を専門誌に発表、本格的な子規研究に入る。子規の活動は、短いがひどく多彩である。仲間を集め、雑誌を作り、「俳句」の名称や、互選の句会形式を普及させた子規。「写生」「配合（取り合わせ）」などの手法を整備した子規。膨大な俳諸書を読んで分類し、蕪村を再評価した子規。俳句とともに短歌革新を目指した子規。新聞記者として、随筆家として、新しい日本語の文体を確立した子規。坪内氏はくり返し子規に向き合い、子規の生きた時代に寄り添いながら、俳句について、言葉について考察を重ねていった。

子規への関心は、おそらく初期は「伝統俳句」のホトトギス派が重視する高浜虚子や松尾芭蕉に対する、反発だったではないか。しかし子規との交わりは、次第に研究者と対象との関係を超えて、自由に、楽しげなものに変化していく。

子規の享年を超え、四十歳を過ぎたあたりから、坪内氏は俳句の楽しさを強調するようになった。同じころ、稔典をもじった「ネンテン」を積極的に名乗り、カバ、あんパン、柿など、こだわりを前面に出した、子規流の生き方を実践。子規との交流はいよいよ深まり、子規の弟子、仲間を自称するに至る。『俳人漱石』（岩波書店、二〇〇三年）ではついに、子規、漱石と坪内氏という三者の時空を超えた句会まで実現してしまった。

ネンテン氏の年齢は、いまや子規の倍を超えた。あまりに生き急いだ子規の思考を引きつぎ、子規の生きられなかった老年期を楽しむことに全力である。

# 夢違観音までの油照り

田中俊弥

「夢違観音」は、法隆寺に安置の観音様。この観音様は、祈ると、夢のなかに入って不吉なる夢を吉夢に変えてくれるとして信仰の対象とされた。風がなく、雲に覆われて、じわじわと晩夏の暑さに身を包まれ、汗をぽたぽた流しながら、主人公はその観音様に詣でる。よほどの悪夢にうなされたのにちがいない。主人公は、われよりも愛する人の身にふりかかる災厄を振り払わないではいられないのだ。無音の世界とたぎる情念。ちょっと恐ろしくなる句だ。

古来から夢は秘すべきものとされていた。晴れ渡る炎天でなく濃密に閉ざされた「油照り」だからこそ、その言葉は純度をあげる。観音は縦、それまでの道は横、そして夢は閉じた丸。算数のように単純なつくりでありながら、救済を願う切迫した情念だけが焦点化されている。悪夢を吉夢に違えてくださる観音様のご加護は、きっと違わない。

季語は「油照り」(夏)。『百年の家』所収。

# あの木(き)ですアメリカ牡丹雪協会(ぼたんゆききょうかい)

「牡丹雪」は、初春の気温が少し高くなったおりに降る雪。結晶が融化しやすいため、結晶がくっつき、形の大きな雪となる。やわらかで消えやすく綿雪、泡雪とも言う。主人公は、やっと「アメリカ牡丹雪協会」のありかを見つけた。「あの木」が目印だ。「あの木です」と呼びかけている相手次第で初句の声の響きはちがってくるが、「山のあなた」の幸いを求める者たちが連れだっていることはゆるがない。「協会」は、association（アソシエーション）。そこに集うものたちに、異次元の幸いが音もなく降り懸かっているのだ。

「あの木」は帰る場所であり、その地の「アメリカ牡丹雪協会」は、「ナガサキアゲハ」や「キリンの卵」のように、実は幻の存在である。ジョバンニがカンパネルラと連れだって銀河を旅したように、「死ぬ」ということの共同性の意味を異空間の中に発見すること、そのことに人生の秘奥が存する。

季語は「牡丹雪」（春）。『百年の家』所収。

田中俊弥

# わいわいもぶらぶらも来る冬の波止

わいわいは大勢で賑やかに。ぶらぶらは一人で所在なく歩いて来る感じ。波止だから、元漁師の老人か、あるいは制服の少年かも知れない。オノマトペの効果は、最後に現れた「冬の波止」によってより発揮される。他の季節の波止では、この句の暖かさは出て来ない。海へと突き出した「波止」という行き止まりでは「わいわい」と「ぶらぶら」との間にも、何となく連帯感のようなものが生まれていそう。そんな心持になるのも、晴れているとはいえ、厳しい冬の季節だからこそ。

「あまり将来のことなんか考えていません。いまが面白ければそれでいいでしょう。……自分の考えていることが自由に書けて、自分の面白い俳句が作れたら、もうそれで十分です」。俳句雑誌「俳句αあるふぁ」（二〇〇八年）で、俳句の将来性をどのように感じているかの質問に作者が答えたもの。冬の波止は、わたしたちの俳句の場所そのものに思えてくる。

季語は「冬」（冬）。『百年の家』所収。　　　谷さやん

# 帰（かえ）るのはそこ晩秋（ばんしゅう）の大（おお）きな木（き）

「帰るのはそこ」で一呼吸置く。読者は少しきょとんし「そこ」が何処を指すのか想像を巡らせる。それから辺りが「晩秋」の空気に包まれ、帰る場所がただ「大きな木」だとわかる。意表を突かれながらも、読み手それぞれの記憶の中の楠の木や欅、あるいは近所の銀杏の木を思い浮かべ始める。忘れかけていた、木への親しい気分が蘇ってもくる。

晩秋という言葉には寂寥感が漂うが、この句からは、幸田文さんの随筆『木』を思い出す。「いつ見ても同じような姿をしている」檜の大樹を「秋の檜の尋常さは、あれは寛ぎの時季に当たるものだったろうか。はげしい夏の生活を終え蓄積すべきものはすでに十分に満ち、冬を迎える迄の暫時を、安らいで、寛いでいた姿にちがいない」と、語る。不安に急き立てられるような日常から解き放たれていつでも帰って行ける、安らぎの「そこ」を私も見つけたい。尋常で寛いだ大きな木だ。季語は「晩秋」（秋）。『猫の木』所収。

谷さやん

## 朝潮(あさしお)がどっと負(ま)けます曼珠沙華(まんじゅしゃげ)

朝潮は七八～八九年に活躍した巨漢の人気大関。横綱北の湖も朝潮は苦手な相手だったという。「どっと負けます」ということは押し出しかなにかで土俵から巨体がどっと押し出され転がる様子であろうか。朝潮は立ち合いの衝撃で、額からよく流血していたらしい。たらたらと流れる鮮血から艶やかな曼珠沙華を連想したのだろうか。あるいは作者は朝潮を見て、彼岸花の咲く畦道で友達と相撲の真似事をして取っ組み合って遊ぶ幼年時代へとワープしたのかもしれない。

朝潮の眼はつぶらで何となくユーモラスでもある。負けても「どっと」負けたのだから不思議と悲壮感がない。むしろ、負けっぷり投げられっぷりを称えているような、やんやと囃したてているような楽しさがある。朝潮はこの句以来、登場することはなかったが、大関小錦は二句も詠まれている。巨漢の相撲取りは良い句材になるのだ。

季語は「曼珠沙華」（秋）。『猫の木』所収。

津田このみ

## 魚くさい露地の日だまり母縮む

鄙びた漁村の風景か。魚くさい狭苦しい露地に小さな日だまりがあるのだろう。日なたの匂いと魚の匂いが混じりあう露地。ささやかでつつましいそんな日々の中、母は少しずつ少しずつ、縮むように老いていくのだ。

作者は「六十代の半ばで亡くなった母のイメージを、私は「縮む」という言葉でとらえていた。」(エッセイ集『子規のココア・漱石のカステラ』)と明かす。「縮む母」は繰り返し現れるモチーフとなった。「縮む」ということは腰や背が曲り文字通り体も縮むのか、病気などで衰弱して脱水し縮んだようになるのか。本人も子供にとっても辛い状況である。この言葉はこちらの身体感覚に強く訴えかけてくる。我々の心も痛み、ぎゅっと縮むのである。日だまりがあることだけが救いなのだ。日だまりはまるでスポットライトのように母をすっぽり包み込む。そして太陽の暖かさに縮んだ母もいつしか溶け去ってゆく。

無季。『猫の木』所収。

津田このみ

## 石蕗(つわ)咲(さ)いて松山(まつやま)へ豚売(ぶたう)りに行(い)く

石蕗は「つわぶき」のことで、初冬に黄色い花をつける。菊に似た花は素朴な風情がある。田舎の野道や畦道が石蕗の黄色に染まる頃、トラックに揺られ、遠路松山まで運ばれる豚。荷台にぎゅうぎゅうに積まれた豚は、急なカーブを曲がるたびに右に寄ったり、左に寄ったり。狼狽えて鳴く声はどこか物悲しい。「売りに行く」と現在進行形で表現したことで、荷台に蠢く豚の独特の匂いや鳴き声がリアルに迫ってくる。

豚を売ることも買うことも生計に直結する行為である。それらは生活者としての痛みを伴う。大切に育てた家畜を売る哀しみ、売られゆく者の哀しみを思う時、じんじんと心が痛む。それは故郷に咲く「石蕗の花」によって昇華されるのだろうか。松山は人口五十万余りの古い城下町。かつて権威の象徴だった松山城と豚を対比させると面白い。日常を突き破る光景に読者は意表をつかれる。

季語は「石蕗の花」(冬)。『猫の木』所収。　中居由美

# 走(はし)り梅雨(づゆ)ちりめんじゃこがはねまわる

梅雨に先だって、ぐずついた天気が続くのが走り梅雨である。道路も、家々の屋根も、ビルも、都会の喧騒さえも雨色に塗り込められている。キッチンに立ち、ちりめんじゃこを空炒りしている光景だろうか。今日の空と同じ灰色のちりめんじゃこが、勢いよくフライパンの上で跳ねる。立ち込める芳しい香りが鼻腔をくすぐる。それは微かに故郷の海の匂いがする。

雨の日は鬱陶しいという私の固定観念は一気に吹き飛ばされてしまった。この乾いた明るさはどこから来るのだろう。「走り」には「先駆け」という意味がある。「はねまわる」も勢いのある言葉だ。言葉と言葉がぶつかったり、溶け合ったりする時、思いがけない光景が出現する。雨が走り出し、ちりめんじゃこが跳ね回り、つられて人も踊り出すというナンセンスな情景が想起されるのだ。読者はいつの間にかシュールな詩の世界に引き込まれる。

季語は「走り梅雨」(夏)。『猫の木』所収。

中居由美

## 先生

二木千里

小中高大と卒業して、習い事も塾もそれなりに通っていたので、それまで先生と呼べる人には事欠かなかった。けれども、学校というものから離れてしまえば意外と近くにないもので、そうなって初めて先生というのは、思いのほか近しく、得難いものだったのだな、と気付く。

しかし、作家を先生と呼ぶことに、昔から違和感がある。編集者の立場ならわかるが、ごく普通の読者である我々が先生と呼ぶのは、なんだかあまりにも近しすぎる気がする。そもそも、先生とは、「なにかを教えてくれる人」という考えが強いからかもしれない。この考え方であるならば、ある小説を読んで大変勉強になった、いろんなことをこの作者から教わった、と思って先生と呼ぶのは、正しいのだろう。ただ、一方的な呼びかけに過ぎないが。

私はねんてん先生の大学の学生であったので、いまでも、先生とよばせてもらっている。まわりには私が学生であったことを知っている人も多いので、学生時代に俳句のことをたくさん教わってきたのでしょうと言われることも多い。だけれども、思い出す限りでは、そんなことは特になかった気がする。

　それよりいまでもよく思い出すのは、のんびりとした口調で、いいんじゃないですか、という声だ。俳句のことでも、卒論の時でも、就職のことも、相談し話をしたがその内容はすっかり忘れているのに、そのときにもやっぱりいいんじゃないですか、と言われたことばかり思い出す。そして、思い出すたびに、なんにせよ、考え、決め、行うのは私自身なのだ、と気付いている気がする。教えてもらったのは、そういうことだと思う。

　一年ほど前に転職して引っ越ししますとお話したときも、ごくあっさり、特に驚くわけでもなく、いいんじゃないですか、と言われて、それは単純に嬉しく思った。散々されてきた反対や驚きがなかったことからではない。やっぱりそう言うと思った、ということに間違いなかったからだ。

　ねんてん先生は、つまり私の恩師である、ということだ。本人が聞けば、すこし嫌がりそうだけれど。

葉桜よ黒猫を抱き抱き殺す
　　　　　　　　　二木千里

抱き殺す、という物騒な言葉にギョッとするが、考えるのはもちろん自由だ。しかし、抱き殺すという言葉とはうらはら、この句から強い生命力を感じる。桜の葉は厚くつやつやとした深い緑色で、花の儚さからは想像できないほどに強い影を作る。初夏の陽射しの葉桜の下で、その影と、黒猫のしなやかな体が呼応するように際立っている。抱かせてくれるような猫だ、飼い猫だろう。かわいがっている猫を、それでもどこか信用ならざる気持ちで、抱き殺す真似事をする。猫の体は、抱いてみると思いのほか柔らかい。柔らかいというより、てろんと伸びる感じ。そんな頼りなさすら感じるのに、手の届かないような場所にひょいと乗ったり、鋭い爪を隠し持っていたりして、意外と侮れない。これがもし犬であったら、物悲しいだけになりそうだ。猫だからこそ、この句はいい。抱かれながらも虎視眈々と人間の方を狙っているのかもしれない。

季語は「葉桜」(夏)。『猫の木』所収。

## バッタとぶアジアの空のうすみどり

二木千里

景がとても広々としている。どこもかしこも淡いみどりいろだ。海の青というのは、空の色を映して青いらしい。もしも空が地上の色を映すことがあるとすれば、こういう場面かもしれない。見渡す限りの草原の色を映して、空もうすみどり色に染まっている。動くものは同じくうすみどりのバッタのみ、そこに立っている自分もうすみどりに染まっているのを想像する。

このアジアが指すのは一体どこだろうと考える。モンゴルのゲルの建つ草原を思い描いたが、もしかしたら日本の里山かもしれないし、中国の少数民族の住む山奥かもしれない。アジアという大きな括りは大きすぎるような気がしたが、四季のある気候や、日本人に似通った平たい顔を想像させて、なぜかとても心安い。それは同時にバッタという、慣れ親しんだ生き物への感覚に似ているのかもしれない。

季語は「バッタ」(秋)。『猫の木』所収。

## 行(い)きさきはあの道端(みちばた)のねこじゃらし

「あの道端」とはどんなところなのだろう。ねこじゃらしは、どこにでも生えるとはいえ、町はずれのさびれた場所が想像される。他人には顧みられないようなところでも、この人にとっては思い入れがあり、もしかしたら、どんな人にもそういう場所があるのかもしれないと思わせる。「今日はちょっとあの道端のねこじゃらしまで散歩してくるわ」とも読めるし、「またあの人いつものねこじゃらしまで行っちゃったわ」と読めないこともない。「行きさき」は、将来とも行く末とも考えられ、結局は土に還ってねこじゃらしにでもなるさ、とうそぶいているのかもしれない。いずれにせよ、家族の中でちょっと疎んじられている男性のような人物像が浮かんでくる。

ところで、「あの道端」には、ほんとうに今もねこじゃらしが揺れているのだろうか。もしかしたら…

季語は「ねこじゃらし」(秋)。『猫の木』所収。　　二村典子

# がんばるわなんて言うなよ草の花

口癖のように「がんばるわ」という女性に対して、心配した男性がかけたセリフがそのまま作品となっている。そして「草の花」。男性からみれば、女性も花もけなげなのである。

ひところはとりあえず「がんばります」「がんばってね」と言えば、話が済んでいた。「がんばる」は挨拶のような便利なことばだった。けれど、がんばっている人に、あるいはがんばれない人に「がんばれ」は酷なこと、という意識が定着してか、気遣いの必要なことばとなりつつある。「がんばれよなんて言うなよ」と言われかねない。

まあ、でも、「がんばったんですが」と言いながらへまをする後輩には、「がんばって褒められるのは学生まで」と言ってしまうけれど。なんなら「仕事はがんばらずにできればベスト」もつけ加えるかな。どこが気をつかっているんだか。

季語は「草の花」（秋）。『猫の木』所収。

二村典子

# 草に露きれいな嘘がありました

　草に付いた露のように、儚くもうつくしい…そんな嘘だったのだろうか。一読すると、なんとなく偽善のにおいもしてくるのだが…。

　そもそも、きれいな嘘ってどんな嘘？　なんて声が聞こえてきそう。「がんばって」「大丈夫だよ」の類い？　「ありがとう」「あいしてるよ」の類いだろうか？…など、嘘の種類や性質は様々だ。しかし、［草に露］という儚げな季語からは、もっと深刻なニュアンスも感じとれる。大病を患っている大切な人へかける言葉だったり、余命いくばくも無い友人につく優しい嘘だったりするのかもしれない。また、まるっきり視点を変えれば、粋や酔狂な嘘なんてものもあるだろう。

　とは言え、何れも罪作りな嘘では無さそうだ。

　願わくは明るく、草の露ほどの、些細で日常誰もが嘘とも思わず口にしている世辞や挨拶くらいなものであって欲しい。


季語は「露」（秋）。『猫の木』所収。

為成暮緒

# 吾輩は象のうんこだ五月晴れ

突き抜けるように広がる清々しい青空の底に鎮座し、悪びれもせず堂々と名乗りを上げる「象のうんこ」。まるで大地も大空も掌握しているとでも言わんばかりの威勢の良さ。日本ではそうも行かないのだろうが、こんなに立派でやんちゃな「象のうんこ」様には、是非ともスカラベに御輿を上げてもらい、お運び戴きたいと思った。

これは以前映像で見たことのある光景だ。…道中、略奪に遇い、転がし手が替わろうとも、よきに計らえとばかりに吾関せず…鼻歌まじりのサバンナ珍道中はまだまだ続き…と、ここまでは上機嫌の「うんこ」様。が一転、転がし手に御輿を降ろされ、お天道様の届かない地下牢に幽閉され、いつしかその者の糧となり、徐々に「象のうんこ」様から「ふんころがしのうんこ」へと変貌を遂げるのである。…嗚呼…おごれる者久しからず…の巻。

季語は「五月晴」(夏)。『猫の木』所収。

為成暮緒

# 猫(ねこ)がいてあれは猫(ねこ)の木(き)秋(あき)の暮(くれ)

原　ゆき

「秋の暮」は秋の日暮れ。と同時に秋のはじめの頃ではない季節の深まりを感じさせる。そこに取り合わせたのが「猫の木」という耳慣れぬ言葉。猫が木に登っているさまだろうか。晩秋の、葉が密でない木であるから猫の身体がよく見えるのかもしれない。秋の日暮れは早く、あっという間に暗くなる心許なさだ。木も猫も影絵めいてくる。その境目は曖昧になり、まるで木そのものに尻尾や髭や耳が生えているかのよう。あの木は猫の木。そう名付けたくなってくる。

ルイス・キャロルの「不思議の国のアリス」で迷宮の世界を彷徨うアリスの前に現れるのが枝の上でニヤニヤ笑う「チェシャ猫」。「猫の木」はそんな連想も呼ぶ。「猫」と「木」と「秋の暮」。何も特殊な言葉は無いのに、組み合わせると現実をはみ出て煌めく歪みが生じ始める。読者の幻想のスイッチを、すいっと押してしまう、危ない一句。

季語「秋の暮」（秋）。『猫の木』所収。

# そのことはきのうのように夏(なつ)みかん

原　ゆき

「夏みかん」と聞くと頬の内側に唾が溜まる。爪を立てて剝くと隣室までもが芳しくなり口に運ぶと酸味がくっきりとするあの果実と「そのことはきのうのことのようだなあ」という思いとを取り合わせた。すると夏みかんの印象は句全体に及び「そのこと」も「きのうのように思うこと」も急にドラマティックになる。芳香を放ち、思いきり飛沫であたりを濡らし、鮮やかな味覚を持ちはじめる。

この句にまず感じるのは、記憶を辿るやや甘美な陶酔感。それからそこに混在する翳り、痛み。抑えていた感情の暴発。それは作者が、甘く穏やかな果実ではなく、酸味が強烈で個性的な「夏みかん」を選んでいるからに他ならない。夏みかんを配して初めて上五と中七は陰影を持ち、抑制を失うのだ。「そのこと」とは何か、作者は語らない。恋、性、誕生、死、あるいは…。読む人それぞれの心のなかで「思い当ること」が「ぴくっ」とする。

季語「夏みかん」(春)。『猫の木』所収。

# 煮こぼれる死者の家でも隣りでも

藤井なお子

「死者の家」は、母を亡くした作者の家であるようだ。同じ句集に次の作品がある。

魚煮ても煮こぼれ春の母の家

作者の俳句には魚を煮るシーンが多くある。生まれ育った海辺の町。魚の煮付けは原風景の一つとなっていることだろう。「母の死」と「煮こぼれること」は心の底の悲しみを呼び起こした。そして最愛の家族が亡くなっても、生きている限り食べるという日常は続く。

そんな現実から離れて、少しシュールな見方をしてもよい。もう誰もいない家の鍋からあわあわと煮汁が溢れ出る。無季俳句の強さのようなものが表現されていよう。

喪の家を出るいくつもの春の道

と共に鑑賞したい。

無季。『落花落日』所収。

## 花冷え（はなびえ）のイカリソースに恋慕（れんぼ）せよ

藤井なお子

季語は「花冷え」（春）。『落花落日』所収。

ウスターソースに恋する句。

因みに、大阪で創業したイカリソースは、関西の食文化に根付いているものの一つ。とはいえ、意味というよりも感触と音の響きを楽しみたい。

「イカリ」「レンボ」自体に冷たさがある。加えて「花冷え」が、ソースの冷たさと片思いの恋を連想させる。桜の花びらがソースの黒さを引き立てている。命令形が全体をキリリと引き締めている。仮に、「花の昼イカリソースに恋慕する」としてみると、その違いが解る。

ところで、そもそもイカリソースに恋慕するという突拍子もない発想は何事か。その精神とは？　私はその答えのヒントは、作者から直接聞いた次の言葉にあると見ている。「常識を壊して行かないと、放っておいたら俳句はどんどん古い方向へ行ってしまう。」

## モーロク

衛藤夏子

広辞苑によると、耄碌は老いぼれること、と冷たく訳されてしまう。ところが、ネンテンさんにかかると、「モーロク」とカタカナで変換されて、なんだか楽しげな言葉になる。平成二十一年に出版された『モーロク俳句ますます盛ん』では、俳句は仲間と一緒に句会で楽しむ、遊ぶもので、モーロクでもできる、いやモーロクぐらいがちょうどいいと提唱された。「かかるものは、他に職業を有する老人や病人が余技として、消閑の具とするにふさわしい」という桑原武夫氏の文章を引用し、かかるものは俳句で、その通りだなあ、と肯定されている。非生産性の俳句は老人がするにふさわしい。ぼけて断片化した老人の言葉を、もしかしたら俳句は受け止め得る装置かも知れない、と述べた鶴見俊輔氏の言葉から、老いたことで、それまでとは違う不思議な言葉の世界を作る俳人をも紹介している。歳を重ねることによるマイナスを、ある面逆手にもとり、老いても俳句で人生を楽しめることを賞賛されている。

そして、去年上梓された『モーロクのすすめ十の指南』では、俳句に限らず、暮らしから文学、恋煩い、食べ物、悪戯、と全てに、加齢は嫌なことばかりではないのだよと、モーロク具合による十の指南までしている。歳を重ねて起こる想定外の出来事に、どきどきして、モーロクってどきどきすることかもしれない、と心の持ちようを変える。その姿は、病床にありながら楽しみを見つけ続けた正岡子規をも彷彿させる。とりわけ、冬瓜にカバの顔を書く悪戯、お孫さんとの交流の悪戯談は微笑ましい。

昔、新喜劇で「呆けたもん勝ち」といった笑劇があった。痴呆になっていく老人に、まわりがてんやわんやするのだが、ラストで、「呆けたもん勝ちやで」と老人が開き直って笑いで幕という内容だった。どうやら上方には、呆けをモーロクしていく様子を笑いで包み込む度量の深い文化があるように思う。

人間は生まれた時から死に向かって歩み始める。年齢を重ねる先にあるのは、極論すると死である。身体の衰えを考えると、加齢は喜びより哀しみを伴う場合が多いのは事実だ。そんな中、生真面目に加齢に向かうと、悲観したり、苦しくなっていくかもしれない。では、肩の力を抜いてくすっと笑うことを見つけよう。モーロク。予測不可能な身体の変化にどきどきするよ。楽しもうよ。ネンテンさんによると、モーロクは、とても暖かく訳されてしまう。

## 大阪(おおさか)の落花落日(らっからくじつ)モツを焼(や)く

大阪の下町の小さな店。狭い店内の中で二、三人が肩を寄せ合いながらモツを食べている。大きな声でしゃべりながら飲み食いしている。ざわざわしたこの風景は、漫画「じゃりン子チエ」の世界そのものである。「じゃりン子チエ」の漫画のように、少女がお店を手伝ってモツを焼いていたこともあったかもしれない。モツを焼く風景は大阪そのもの。猥雑だけどおおらかでしかも勢いがある。散っていく桜の中で味わうモツを焼く煙と匂いと音。

もしかしたら、作者はモツを食べる人たちを遠くから見ていたのかもしれない。桜が舞っている中でひとりで立っている作者。それはそれで、もの哀しいような何とも言えない感慨を覚える。この風景がいつまでもあるとは限らない。いつか忘れ去られてしまうものなのかもしれない。そのことを作者はわかっていてそこに立っているのだろうか。

季語は「落花」（春）。『落花落日』所収。

藤田亜未

# 春の坂丸大ハムが泣いている

藤田亜未

この句を読んで、なぜ丸大ハムが泣いているのかなどと考えてはいけない。感覚で読むものだから。作者はことば遊びを楽しんでいるのだから。作者と一緒に面白がるのがいちばんなのだ。まずは楽しんでほしい。そしてその後で伊藤ハムじゃいけないのか、なんで泣いているのかなど疑問に思ってほしい。でも、やはり丸大ハムでなければいけない気がしてくるから不思議だ。

大阪には、由緒ある坂が多いらしい。そのどこかで丸大ハムが泣いていたのだろうか。いかにも幸せの象徴のような丸大ハムが泣く理由はなんだったのだろう。丸大ハムと春の坂、どちらもその時代を楽しんで詠んだ句のように思う。そして今読みかえしてみるとかつての昭和という時代を懐かしんでいるようにも思える。平成という今を生きているからこそ、昭和という時代を振り返る時にきているのかもしれない。

季語は「春」（春）。『落花落日』所収。

# 春（はる）の風（かぜ）ルンルンけんけんあんぽんたん

何度か口に出してみる。すぐに覚えられる。なかなかとけない飴玉や呪文のようだ。意味や情景を考えるより並んだ言葉を口にすることに意味がある句。暖かくのどかに吹く春の風を受けながら「ルンルンけんけんあんぽんたん」と唱えてみる。どんな気分になるだろう。「ルンルン」でうきうきした気分に。「けんけん」で「けんけんぱ」という遊びを思い出す。「あんぽんたん」は軽い悪口だが、「ん」の反復やひらがな表記により「ルンルン」や「けんけん」の仲間のような意味を超えた愉快さを感じさせる。俳句はいつでも五七五である必要はないというおおらかさも。ここで春の風に戻ってみる。他の季節より春の風がしっくりくる。暖かかったり寒さがぶり返したり、別れたり出会ったり。不安定ながらもさわがしく何かが始まる季節にぴったりたりな、気分を軽くさせる言葉遊び。蛇足だがマイクテストなんかで使ってみるのはどうだろう。

季語は「春の風」（春）。『落花落日』所収。　藤田　俊

## 春の暮御用〳〵とサロンパス

「御用」は時代劇などで岡っ引きが発する「犯人を捕らえるぞ」という意味の掛け声。「サロンパス」は久光製薬の肩こり用貼付薬。「御用」を「肩こりを治すぞ」と解し、「サロンパス」の後に「を貼る」や「が痛みを抑えるために成分を行き渡らせる」と補うのが現実的な読みだろう。サロンパスを貼るという些細な行為を大げさに表していること。しかも春の夕暮れ時で休息にはまだ早いこと。これらがこの句の魅力、おかしさにつながっている。

一方で、十手代わりのサロンパス、岡っ引きとして擬人化されたサロンパスといったフィクション寄りの読み方や、サロンパスを人名とするような読み方も可能だ。「春の暮」という深刻さに欠ける季語や「御用」という大げさな言葉が楽しくなる読みへと誘う。いろいろな読み手の、誰のせりふかも含めた「御用」の解し方、言葉の補い方を聞いてみたい。

季語は「春の暮」（春）。『落花落日』所収。

藤田　俊

# 弟が姉ぶつ梅雨のシーチキン

屋内で遊ぶほかない梅雨の季節、元気を持て余す弟が年上の姉に歯向かう日常を描写している。反逆の理由は定かではない。子供の好物である定番シーチキンの取り合いか。缶の蓋を開ける奪い合いか。さすがに缶で姉をぶつまい。理由は他にあるのかもしれないし、そもそもないのかもしれない。いずれにせよ、頑なに缶の中で保存されている買い置き品の如く、姉弟は家の中で閉じ込められている状況下に変わりはない。フラストレーションが溜まっている。

姉をぶつ弟。ぶたれた姉。その姉が次の行動を起こすまでの一瞬は、第三者がシーチキンへ視線をずらした時間と重なる。つまり、不意にぶたれた姉が次の行動へと起こす一瞬前までが詠まれている。シーチキンは、まるで映画のカットが切り替わるかのような装置的役割も成していよう。

季語は「梅雨」（夏）。『落花落日』所収。

船井春奈

晩夏晩年角川文庫蠅叩き

作者が掲句を読んだ時分、日本にはまだ蠅がたくさん飛んでいた。右手に文庫本を、左手に蠅叩きを持ち、寝そべって読書していたという作者。時には文庫本も蠅叩きとした。掲句で蠅を叩くのは、蠅叩きとも咄嗟に手に持つ角川文庫とも読める。いずれにせよ団扇でなく蠅叩きを握っていたり角川文庫と実名をあげているところがコミカル。

季語は晩夏。いつ終わるともしれぬ暑い日々。だがこのブンブン飛び交う蠅は、何も晩夏だけ作者の読書を邪魔しにきたわけではあるまい。蠅に悩まされた夏の日々の積み重ねが、やがて晩夏となった。年の功が到底晩年と呼べない時、晩年も並べて強調してみせたほどだ。

それでも晩年という言葉にはいつしか蠅問題に終焉が訪れることも告げている。私事だがいつか私もおもしろがって蠅を詠んでみた。すると作者から汚いと一蹴。作者は蠅問題から解放されていた。季語は「晩夏」(夏)。『落花落日』所収。 舩井春奈

# 三月(さんがつ)の甘納豆(あまなっとう)のうふふふふ

星河ひかる

俳句の基本は写生だと考えている者（私もその一人）からすると、これが同じ俳句かと驚くけれど、この作品の前では理屈抜きで頬がゆるんでしまう。言葉を手掛かりに鑑賞すれば、三月は春の浮き浮きとした高揚感をもたらす時期。そして雛祭がある。雛菓子と一緒に甘納豆があってもおかしくない。「うふふふふ」も、少女の笑いととれる。でも、そんな解釈をする先から、この句はするりと逃げてしまうのだ。まるで鬼ごっこか逃水のように。そして向こうで「うふふふふ」と含み笑いをしている。その顔が、お色気たっぷりの熟女になっている。これはダ・ヴィンチの「モナリザ」の微笑と双璧をなす、永遠に謎の笑いだろう。いつか人類が滅び、新たな種族がこの句を解読したとき、人類とはころっとした小さい生き物で、いつも神秘的な笑い顔をしていたと記録しても、それは私たち人類にとって幸福なことかもしれない。

季語は「三月」(春)。『落花落日』所収。

# 十二月どうするどうする甘納豆

「甘納豆十二句」の掉尾を飾る句だが、独立した作品として読んでも十分に味わい深い。私は連作の中でも一、二番にこの句が好きだ。たしかに十二月は焦燥感を募らせる月である。昔から年末のお金の取り立てをめぐる悲喜劇は、落語や小説の格好のテーマだったし、主婦だって大掃除や介護のことで頭がいっぱいになる。受験生ならまさに天王山。就職が決まらない学生は暗澹たる思いだろう。この時期は男女も別れる、別れないで修羅場を迎える……これらすべての「どうするどうする」に、甘納豆は寄り添ってくれるのだ。この鄙びたお菓子は、どこか年老いて小さくなった母のように懐かしくてやさしい感じがする。アンパンマンのような頼りがいはないけれど、自分といっしょに困ってくれ、そして、自分をまるごと肯定してくれる存在だ。慈愛にあふれたこの句を読むと、私は心がほっと安らいで、涙ぐんでしまいそうになる。

季語は「十二月」(冬)。『落花落日』所収。

星河ひかる

# 句会

藤田　俊

　ここでこの本の楽しみ方の一つを。まずは各ページの俳句を音読する。あまり意味は考えずに。何度か読んでいるうちになじんでくる。そのうえで添えられている鑑賞文を読む。それぞれの鑑賞文はあくまでいろいろな読み方の一つ。自分ならこう読むと考えながら読む。いろいろな読み方を楽しむのが俳句の魅力。

　一通り読み終えたら百句の中で特に気に入ったものを三つほど挙げてみる。できることなら他の人にも同じことをやってもらって、お互いが選んだ三つについてああだこうだと言い合う。

　そして少しでも興味を持ったなら、意外に楽しいなと思ったなら、自分でも作ってみる。季節に関する言葉や気になる言葉などをお題にして、言葉でちょっとした風景画を描くくらいの感じで。そして他の人とそれぞれが作った俳句を持ち寄って（集まってから作るとなお良い）、この本でやったのと同じようにお気に入りを選び、ああだこうだと言い合う。誰が作ったものかわからないようにすること、みんなが対等な形で参加することが楽しく気兼ねなくああだこうだとする秘訣。みんなのああだこうだの中でより魅力的な俳句になることもままある。松尾芭蕉の「古池や蛙飛び込む水の音」の「古池や」も仲間とのああだこうだで決まったとか。いろいろな俳句の作り方、読み方、言葉の世界が出会う場、それが句会。作った本人が思いも寄らなかったような読み方に、知らなかった自分に出会うこと、現実や常識を離れた言葉の世界を通じて物の見方や感じ方が変わること、言葉の楽しさを味わうことが何よりの醍醐味。

このような創作、遊び、社交の要素が一体になった句会のあり方を、誰が作ったかよりも作られたものがどうかを大事にするのが坪内稔典。だからこそ前述したゲーム的な読み方も許容される。句会が大好きな坪内稔典、教職を退いてからは各地の句会に勢力的に顔を出している。この本を手に取られた方も、機会があればぜひ句会を共にしていただければと思う。ああだこうだの中で思う存分あなたの俳句の作り方、読み方、言葉の世界をぶつけていただきたい。

## 桜散るあなたも河馬になりなさい

桜が一面に散り乱れるのを眺めながら、諦めに似た安堵感に包まれている。花が散り、一つの季節が終わる。もうがんばらなくていい。そのまま、カバになってしまってもいい。カバの方が楽だとか、低レベルだとかいうんじゃない。カバはカバらしく、カバを貫いている。あなたも、それでいいんじゃないか。あなたが願ったり狙ったり目指したりしてるものは一先ず脇に置いて、今何かが終わっていくことを静かに受け入れてみてはどうだろうか。いや、受け入れてみなさい。普段使わない命令形を使うのは、あなたが大切な人だから。学校の先生みたいな口調で言うのは、それが大事なことだと思うから。一度立ち止まってしまったら、二度と歩き出せないんじゃないかと恐れる気持ちは分かる。でも、よく見てみなさい。カバは止まってるように見えて、進んでいる。すごくゆっくりだけど、前に進もうとしている途中なんだ。

季語は「桜散る」（春）。『落花落日』所収。

夏冬春秋

# 君(きみ)はいま大粒(おおつぶ)の雹(ひょう)、君(きみ)を抱(だ)く

君はすごい。まるで青天の霹靂。もしくはラムネのビー玉みたいな大粒の雹。実物は見たことないけど。霰なら見たことある。あれより大きいんだから、きっとすごい。ボロいトタン屋根なら突き破ってしまうくらい。トタン屋根だって、最近すっかり見かけなくなったけど。空から猛スピードで降ってくる大粒の氷の塊は、ほとんど凶器だ。周りを傷付け、自分を傷付け、でも重力に身を任せる他なく、落ち続ける。地面に降り立った後だって、まるで隕石か、恐竜の卵か、宇宙人の残していったカプセルみたいに、近付き難い雰囲気を身にまとっていて、厄介だ。でも珍しくて、楽しくて、魔法でできた宝石みたいでもある。せめて魔法が解けるまでの間、君を抱いていよう。小学生の頃、プールサイドに耳を押し当てたまま寝そべって、耳の中に入った水がじわっと溶け出してくるのを待ったように、いつもの君に戻るのを待とう。

季語は「雹」(冬)。『落花落日』所収。

夏冬春秋

## 水中の河馬が燃えます牡丹雪

これが「龍」なら、さながら任侠映画のキャッチコピーである。しかし「河馬」だ。五七五に「河馬」「燃える」「牡丹雪」という一見つながりのない三語を入れながら、軽快なリズムと勢いで一気に読ませる。派手に降りしきる牡丹雪、水中で踊り狂う真っ赤な河馬。そんな漫画チックな映像が、脳裏に浮かぶ。

しかし同時に読者は、動物園の河馬の情景を知っている。牡丹雪の降る日、水中の河馬の前には誰もいない。普段は息継ぎに出す鼻の穴を見るために待機する子供たちも、寒くて待ちきれないからだ。ところが今日は男性が一人、河馬の柵の前で牡丹雪を吸い込む水面を見つめている。水中で河馬は燃えていると信じている。

なんという河馬への愛情。読者はついうっかりと燃える河馬を想像し、そんなはずはないと考え直し、くすっとする。その「くすっ」が俳句である、と作者は言っているようだ。季語は「牡丹雪」（春）。『落花落日』所収。

水木ユヤ

## 母(はは)は病(や)む昆布(こんぶ)を水(みず)に戻(もど)しつつ

シンプルな句である。「病む」という言葉に他人がよせがちな関心を「昆布を水に戻す」という静かでありふれた行為が、拒否している。「つつ」は時間を経過させる。読み手に許されるのは長い沈黙だけだ。

台所にいる母が昆布を使って作る料理は、おそらく子の好物だろう。子は居間でくつろいだ姿勢をとりながら、見慣れた母の後ろ姿に隠された病の存在を思っている。何十年と食べ続けてきたその料理が、今夜は少し違った味わいをもたらすはずだ。しかし、食卓に病の話はない。「うまいね」「もっと食べなさい」淡々と繰り返されてきた日常がそこにあることを、母と、子と、読み手である我々とが望んでいる。

母は病み、そして料理を作っている。子はそれを見つめている。澄んだ水の中でやわらかく戻されていく漆黒の昆布とは、作者が未だ諦めていない「人間の美しさ」というものであろう。季語は「昆布」(夏)。『落花落日』所収。　水木ユヤ

# 男来て晩夏へ放つブーメラン

近所の公園か空地だろうか。ぼーっと通り過ぎようとしていたら、見知らぬ男がやって来た。青年から中年といったところか。その男が突然手に持っていたものを空に向かって投げた。それは横長く楕円の放物線を描いてまた男の手元に戻ってきた。それはブーメランだった。男は何度かブーメランを投げると立ち去って行った。夏が終わろうとしていた。夕暮れは徐々に早くなり、光線は秋へと向かっている。この句の中では「晩夏」は期間、シーズンであるだけでなく、作者にとってある特定の時間または空間なのだ。「来る」「放つ」という動詞のつながりが一句をショートドラマ風にしている。

この句を作った頃の作者は三十代後半。大学に勤務しながら創作、執筆活動に忙しい中、故郷愛媛西宇和郡に住む母の死を経験している。

季語は「晩夏」(夏)。『落花落日』所収。

三好万美

# つわぶきは故郷(ふるさと)の花母(はなはは)の花(はな)

「つわぶき」は、つわの花（石蕗の花）ともいう。鮮やかな黄色のガーベラ状の花と、深緑の分厚い大きな葉が印象的な花。和風の庭や寺院の境内にも見られる。その「つわぶき」が、故郷の花であり母の花だと詠んでいる。「故郷の花母の花」の畳み掛ける言葉の流れが、「つわぶき」の花と「母」が作者にとって強く結びついたものだと思わせる。

この句は句集『落花落日』の「家族　十九句」と題された中の一句であり、この句の前には、「母死んで海の青さよつわぶきよ」「つわぶきが咲きます母のいない家」が並んでいる。作者にとって母は故郷そのものであり、その象徴がつわぶきの花と宇和海なのだろう。自身は母の死について「死は厳粛な事実であったが、意外にもまたそれは、自在さへの志向を作者のうちで強めたようだ。」と語っている。

季語は「石蕗の花」（冬）。『落花落日』所収。

三好万美

# 昼過ぎのプラグが鮫の声を出す

まず何故昼過ぎなのか、そこには倦怠感が既に迫っている。鮫には声はないはずなのに出すという。とても深い懊悩でも迸るのであろうか。プラグは嗄れた固いダミ声を出している。それは耳にする者にとっては嫌な不快な声である。しかしプラグは歓喜の声をあげているのだ。読者はあまり見たくも聞きたくもないが事実を突き付けられる。因みにプラグとは嚙歯類が夜中交尾した後、寝床に落とした膣栓（分泌液の凝固物）のことをも指す。

作者の句は無機質でそこには感情がない。言葉をみせられて読者はざらざらした灰色の金属音と生臭さを嗅ぎ意味を探してくっ付けていく。そして感情が生まれる。シュールレアリズムの絵画のようだがそれを遙かに超え具体的に迫ってきて恐怖を感じてしまう。作者の郷土食で鮫を「祭りの時よく食べた」と聞いたことがある。鮫は狂暴ではなく幼い頃から親しめるものであったのかも。

季語は「鮫」（冬）。『わが町』所収。

村井敦子

# サルビアが恥（はじ）へ傾（かたむ）く金曜日（きんようび）

村井敦子

サルビアの花言葉は尊敬、知恵、よい家庭、家族愛等良い事ばかり。この句からは、真っ直ぐ情熱的に真面目に咲いている赤いサルビアが浮かぶ。そのしっかり者が金曜日に限っていけない感じに傾いてしまうのだ。恥に傾くというゆるやかな動詞をつけた作者が秀抜である。溺れたり折れたり散ったりはしない。金曜日という日は、週末で浮き立つ気分で非常に酒宴が多い。いつもは大真面目なサルビアも大酒で失敗をしてしまうのである。ハメの外し方は三五度位の傾き。サルビアは花壇でも群植する花であるが皆其々に傾き咲く所が美しい。この句は作者が『暦』という題をつけた一連の俳句の中の一句である。月曜から土曜という生活感と時の流れを意識させる単語から新奇なるものを発明している。そしてこの句を鑑賞し終える頃に何故か青いサルビアも連想される。そして若き作者より「さあどうする?」と促される。

季語は「サルビア」(夏)。『わが町』所収。

# かなかなの泣く日のようにひじき煮る

「鳴く」ではなく「泣く」なのである。「かなかな」の声もだが、「かなしい」という言葉への連想が句に哀調を与える。「ひじき」は春の季語であるが、作者は「秋の夜はひじき煮なさい河馬も来る」「ひじき煮て桜が咲いて母死んだ」のように別の季語と組み合わせて詠んでいる。なるほど、ひじきを煮るというのは季節を問わない日常なのである。

煮ている途中のひじきというのは中々に生々しいものである。黒く光り、うごめく無数の物。それは日常の中に存在する正体の分からぬ不安のようでもある。かなかなが鳴いているのではなく、泣いている日。誰にも気付かれなさそうなそんな哀しみを抱いてひじきを煮ている。かなかなの哀調漂う声はその気持ちに寄り添い、遠花火のように淡く包み慰める。「ひじき煮る」という卑近な日常を「かなかなの泣く日」という少し距離のあるものが浄化しているようでもある。

季語「かなかな」(秋)。『わが町』所収。

諸星千綾

# ゆびきりの指（ゆび）が落（お）ちてる春（はる）の空（そら）

「ゆびきりげんまん、うそついたらはりせんぼんのーます、ゆびきったっ！」結んだ指は勢いよく揺れて宙に飛ぶ。「指が落ちてる」なんてちょっとギョッとするけれど、「春の空」がそれを和ます。気まぐれの約束なのである、春の空の下交わした約束は。

空に落ちた指たちは晩春になると、ポトポトと道へ降ってくるかもしれない。それをひとつひとつ拾い集めて、耳を当ててみる。「クラスが替わっても一緒に遊ぼうね」「夏になったら自転車で海まで行こう」「にいちゃんが中学生になったらこの時計はおまえにやるよ」…それからこの白く骨ばった指は…「僕が大きくなったら宇宙飛行士になっておばあちゃんを月に連れて行ってあげるね！」そうだ、これは遠い昔祖母とした約束だった。春の空に微笑む祖母を見た気がした。

季語「春の空」（春）。『わが町』所収。

諸星千綾

# 恋

衛藤夏子

ネンテンさんは恥ずかしがり屋で、恋について話したがらない。酒宴で、女性遍歴を語ることも恋の武勇伝をほら吹くこともない。不良老人になるぞ、と拳をあげても十時には寝てしまう。小学生からお婆さんまで幅広い女性から人気者であり、堅物ではなくて情熱やロマンはあるようだが、浮いた噂はあまりないようだ。

瞳の綺麗な女性と歩きたい、と今日の一句で呟いてみたり、「君はいま大粒の雹、君を抱く」「坪内氏、おだまき咲いて主婦を抱く」といった、ハッとする恋の俳句を詠んだりするが、どうやら思うだけであるらしい。「これらの俳句は実体験ですか」と聞くと、顔を赤らめ、黙る。なかなか恋愛談は話してくれない。「体験が入ってくることもあるが、全て体験というのではない」企業秘密のごとく、恋の句の創作過程は語りたがらない。

初恋は小学校高学年、転校生の女の子だったそうだ。恋愛小説では「野菊の墓」が好きだという。政夫と民子のような淡い恋に憧れるのだろうか。相手を思いやり、多くを求めない恋が好きなのだろうか。

ネンテンさんにとって、恋は色に喩えると水色で、音で表すと澄んだ音、香は清潔な香を連想するという。恋に対しては清貧で高貴な印象をお持ちのようで、多分、そんな恋を経験されてきたのだろう。

「芸能人ではどんな女性が好きですか」

「阿川佐和子さん」

そういえば奥様は阿川佐和子氏に似ている。黒髪のショートカットで大きな瞳で、明るく聡明なところは似ている。奥様とは高校の同級生で、二十五歳の時に学生結婚だそうだ。それ以来、大きな恋愛沙汰はなく、「船団」を立ち上げてからは奥様も加わって俳句を詠んで、二人仲良く吟行やランチ、船団の行事に参加されている。

昔、文章教室で藤本義一氏がこんなことを言った。

「僕の夢は、生涯、三回、大恋愛して結婚することだった。物を書くような男性は、三回ぐらい恋愛結婚する情熱がなくちゃダメだ。ただ、僕の場合、学生時代に出会った女房が良すぎて、それを超える女性がいなかったから、夢は叶わなかった」

学生結婚のネンテンさんもしかり、である。

# 春(はる)の蛇口(じゃぐち)は「下向(したむ)きばかりにあきました」

「春の蛇口」は、静かにその日を待っている。学校のグラウンドや公園の片隅にあるそれは、きたるべきシーズンに備えて退屈を持て余している。初夏になれば、日焼けした運動部の生徒たちや、公園の遊具で甲高い声をあげながら遊ぶ子ども達が、上向きにした蛇口の栓を全開にし、顔を洗い、のどを潤す。毎年のことながら、忙しくなる季節を目前に控え、「下向きばかり」の毎日に飽き飽きしているのである。

蛇口といえば、最近の家庭では固定式のものは見かけなくなってきている。切り替えによって、ストレートでもシャワーでも、水の出方は好みのままに調節できる。蛇腹状のホースを引き出せば前後左右好きなところへ水を飛ばすこともできる。もはや、上向きにした蛇口から水を飲むなどという行為は、やや古めかしい公共の施設でしか見られなくなった、ノスタルジックな情景になった。

季語は「春」(春)。『わが町』所収。　やのかよこ

# 春昼のほろほろと泣くメリケン粉

暖かく穏やかな陽光が差しはじめた「春昼」。その穏やかな日差しに包まれてメリケン粉は、ほろほろと泣くのである。涙が出る理由は、メリケン粉にもよく分からない。だが、知らず知らずのうちに、あとからあとから涙がこみ上げてくるのである。そんなメリケン粉と共に涙を流すことを、「泣いてもいいよ」と受け止めてくれる優しさが、この句にはある。

春は、あらゆる場所で、新しい生活がはじまる季節。新入生や新入社員は、新たな環境に戸惑いながらも、現実を生きなければならない。泣きたい気持ちをぐっとこらえて、愛想笑いと困り顔の日々。逃げ出したいけど、苦労して手に入れた新しい暮らしをリセットするほどの度胸も無く、これでいいのかなぁと思いを抱えながら生きている。時には、ほろほろと泣いてみるのもいい。泣いた後には、案外スッキリするものだから。

季語は「春昼」（春）。『わが町』所収。

やのかよこ

# 皐月闇口あけて来る赤ん坊

松永みよこ

「皐月闇」は旧暦五月、現在の六月の梅雨時の暗闇や暗さをいう。「口あけて来る」という言い方に、赤ん坊の漲る生命力、こちらへと迫ってきそうな強さがある。生まれて間もない、もちろん、歯も生えないあどけない口の中。その中へもうすでに、それはそれは小さな闇が生まれているのだ。生命の神秘が醸し出す恐さあるいは不思議さは、万物が勢いを増す季節に現れる暗闇と一体となっていく。

そして、それはまた、赤ん坊を授かった親の、喜びの絶頂の中での戸惑いや不安であるとか、「この子はどこからきたんだろう?」と生命の不思議を思う気持ちを表したものでもあるようだ。作者には、赤ん坊が、親鳥に餌を求めるひなのように見え、「今後この子を食べさせていかなければ」と責任を感じているのかもしれない。俳句版『そして父になる』のような味わいを含んだ句といえるだろうか。若々しい憂鬱がのぞく。

季語は「皐月闇」(夏)。『春の家』所収。

## 船(ふね)燃(も)えるスペインに着(つ)く水蜜桃(すいみつとう)

「水蜜桃」は桃の一品種で秋の季語。「味も形も甘美」（『日本の歳時記』小学館）であるが、その名も妖艶でとろけるように美しい。

この句の水蜜桃の運命やいかに、というと、桃から連想される中国でもまた日本でもなく、スペインに着き、しかも船まで燃えているという始末。ロマンチックなイメージで描かれることの多い「水蜜桃」は、季語としての水蜜桃史上、最も危険な目にさらされている。幾多の艱難辛苦を経て、到底原形をとどめているようには思われない。

「水蜜桃」と「船」そして「スペイン」。取り合わせの破天荒ぶりに圧倒されながらも、何だか心地よい。燃える炎の赤、スペインの闘牛士が持つ布の赤、そして水蜜桃は、何色といえばよいか難しいが、燃え立つ興奮を含む色だ。それらはお互いが出会うことにより、一層、わけのわからない、むせかえるようなエネルギー体となっていくようだ。季語は「水蜜桃」（秋）。『春の家』所収。　松永みよこ

鬼百合（おにゆり）がしんしんとゆく明日（あす）の空（そら）

藪田恵津子

「鬼百合」は濃いオレンジ色の花びらに黒紫色の斑点があり、百合の中でも強烈な印象を受ける。地には鬼百合のオレンジが際立ち、その先にはまっ青な海。静まり返った民家を朝焼けがゆったりと包み込む。そんな「明日の空」から想像する朝の風景に「しんしんとゆく」の表現が冴える。

作者の故郷である佐田岬半島では夏、至る所にこの鬼百合が咲くそうだ。作者は、幼い頃から慣れ親しんだこの花に、言葉にならないような決意を重ねたのだろうか。その決意を秘めるさまが「しんしんとゆく」であり、「明日の空」は、決意が未来へと続くことを読者に想像させる。

この句には、作者の真摯な思いが込められていて快い。

季語「鬼百合」（夏）。『春の家』所収。

## 日盛(ひざか)りやなまこを噛(か)んで男死(おとこし)ぬ

「日盛り」は日のさかんに照る夏の午後。「なまこ」は日盛りの頃は夏眠状態で動かない。太陽の弱まる冬は活動期に入る。この取り合わせは、互いに相反している。

さて、この句の背景は…たとえば、目の前にギラギラした夏の海。数組の家族が海水浴を楽しんでいる。少し隔れた場所でふと男が岩場を覗くと、まるで石のような「なまこ」が横たわっている。「君、死んでるの?」周りでは、ゆうゆうと魚が泳いでいる。ここまで空想して、ハタと思った。「なまこ」は比喩?「男死ぬ」の裏には、立ち止まってる自分に喝を入れる前向きな気持ちが隠れているのではと。

「なまこ」と「男の死」の関係が難解と言えば難解であるが、読者に想像させる幅が広い点でこの句は成功している。また、想像をかきたてるのが、この句の良さである。季語は「日盛り」(夏)。『春の家』所収。

藪田惠津子

## 飯噴いてあなたこなたで倒れる犀

ご飯が炊き上がることと犀が倒れることの関係性を探るべく立ち止まってみる。実際の犀かテレビなどで取り上げられた犀か、いずれにせよ炊飯とは別の事象と読むことも可能だし、犀を飯粒の比喩と読むことも可能だろう。「夕」の連続が小気味よく、「倒れる」という言葉の意味を中和している。

自動炊飯器が当たり前の現代において、吹きこぼれを思わせる「噴いて」という言葉は、世代によって懐かしいものだったりピンとこないものだったりするかもしれない。アウトドア好きなら飯盒炊飯を連想するかもしれない。「噴飯」という言葉もあるので、「おかしくてたまらず口の中のご飯を噴き出して」という解釈も出てくるかもしれない。飛躍し過ぎかもしれないが、犀をご飯の炊けるにおいが苦手なつわりの妊婦さん（妻）と解する人がいてもおかしくない。俳句という短い言葉において、文脈は読み手の中にあるという好例。

無季。『春の家』所収。

藤田　俊

## 昼過ぎの印鑑ひとつ甘かりき

藤井なお子

印鑑は甘かった、という不思議な俳句と私は鑑賞する。「昼過ぎの」気だるい空気。そしてクローズアップされた丸い断面。朱肉が甘い味がするのだと断定をしている。科学的には違っていても、文学はどこまでも自由だ。

無季の俳句であるが、春の感覚がある。午後の長閑な田舎の郵便局。「ぽん」と押す印鑑の小さな音。神経質な赤ちゃんは、母の背中でそんな音にもびっくりして目を覚ます。局長は週末の土筆摘みのことを考えている。

同句集にやはり「昼過ぎ」で始まる次の作品がある。

　昼過ぎの泪になりぬモジリアニ

そもそも脈絡のなさそうな「昼過ぎ」「泪」「モジリアニ」が五文字の助詞により詩になる。読み手が勝手に脈絡を作ってしまうという俳句のマジックを作者は大切にしている。

無季。『春の家』所収。

## 友情

川嶋ぱんだ

友情なんて意識したとことがない。一定数の仲がいい友人がいて、一定数の仲がよくない（しょーじき嫌いな）友人がいる。仲がいい友人に腹が立つこともあれば、仲がよくない友人に助けられることもある。そんな友人関係に一喜一憂できるのは若者の、殊に学生の特権である気がする。

坪内稔典さんの学生時代というのは、もう半世紀も前の一九六〇年代である。立命館大学在学中に京都学生俳句会を結成。それから活動範囲は大きくなり、やがて関東の学生を巻き込み全国学生俳句連盟を作った。一九六〇年代は学生運動が盛んな時期だった。もちろん学生時代の坪内稔典さんも遅れることなく、きちんと京都で俳句デモを行った。紙に俳句を書いて京都駅前をデモ行進したのだ。

その後、活動は「日時計」そして「黄金海岸」と場を移していった。その活動の真ん中に、やはり坪内稔典さんがいた。『縮む母』（蝸牛社）によれば、毎夜のように仲間の部屋に集まって議論し、仲間と一緒にパチンコを打ちに行ったそうだ。そのころの議論のテーマに友情が挙がることがあったらしい。友情を考えるとき坪内稔典さんは、夏目漱石の「こころ」や武者小路実篤の「友情」が手掛かりになったという。文学にヒントを求めるあたり、現在の坪内稔典さんに通じている。

だけど、これらの文学作品で描かれている友情は信頼や助け合いといったものだけではない。友への嫉妬や裏切りなど人間のどろどろとした部分も大きな構成要素となっている。

坪内稔典さんがこれらの文学作品からどういった友情を読み取ったのかは分からないが、仲間と立ち上げた同人誌「黄金海岸」は順風満帆とは行かなかった。意見の対立がきっかけで終刊を迎えたのだ。お互いに譲れない部分があったのだと思う。誰が悪いというわけではないのだろう。その時の立場や考え方の違いで、くっついたり離れたりを繰り返しながら時に友情ってなんだろうと考える。

坪内稔典さんは、今でも「黄金海岸」時代の仲間であった攝津幸彦さんについて、しみじみと語ることがある。そういった時、友情を感じているのかもしれない。

# 雷雨去り少女スターの写真見る

山本たくや

電光が空をひた走り、雷鳴もゴロゴロと轟いている。しかも雨まで降り注ぎ、自然の悪戯に不意打ちを食らった気分になる。

しかし、しばらくすればそんな雷雨も止み、雲の隙間から光が差し込んできた。その光は、自然の悪戯から逃れ、雨宿りをしていた少女を照らす。少女がふと、自分が雨宿りをしていた場所を確認してみるとそこには、今を時めく映画スターのポスターが貼られている。雨に濡れて紙が少しふやけ、なんだかだらしない様相にも感じるが、日の光に照らされ艶やかな明るさを持っている。突然の雨に自分の運の無さを思っていた少女にとって、このスターとの出会いは一時的とはいえ幸福な時間と言えるであろう。もしかしたら、その時間だけ、少女はスターに恋をしていたのかもしれない。

季語は「雷雨」(夏)。『朝の岸』所収。

# ひっそりとベラ棲む明るさ父母の島

ベラは、別名「ゴルキ」とも呼ばれている。夏目漱石の『坊っちゃん』にも登場しているが、「まずくって、とても食えない」と評されている。しかしながら、掲句の「ベラ」はキラキラと光る瀬戸内の海で悠然と棲んでいる様子を感じさせる。

「父母の島」はまぎれもなく生まれ育った故郷を指しているであろう。その島にはベラが生息している。それも「ひっそり」と。しかし、この「ひっそり」とした明るさが大切なのである。故郷から離れ、住んでいる都会はどうも明るすぎる。昼夜を問わず、煌々とした明るさに包まれている。だからこそ、「ひっそりと」した明るさが恋しくなるのだ。生まれ育った島を「故郷」と言わず、「父母の島」としたところにも、故郷や父母を想う気持ちが表れている。

夏になったら故郷に帰ろう。父や母、ベラの棲む海がある故郷へ。都会で浴びた明るさとは違う、ひっそりとした自然の優しい明るさを求めて。

季語は「ベラ」(夏)。『朝の岸』所収。

山本たくや

父祖は海賊島の鬼百合蜜に充ち

芳野ヒロユキ

鬼百合は夏に咲く。百合と言えば一般的に白のイメージだが、鬼百合はオレンジ色に黒い斑点があり、「鬼」の形容がぴったりだ。その鬼百合が島の岬であろうか、海に近い所で虫たちに花粉をくっつけさせるため、甘い蜜を出している最中、自分の先祖は海賊であったと思い出しているのだろう。

百合と言えば吉永小百合に代表されるように女性の名前にも使われている。けれど鬼百合は名前には使われていないはずだ。ただし、勝ち気で男勝りの百合子さんなどは「鬼百合」なんていうあだ名を付けられることも。かつて島の男達は海賊として海に生き、海に死んだ。残された女達は島に生き、島に死んだのかもしれない。けれどその間、子孫を残すために蜜を出し、子どもを産み、育て、男勝りな女として充実した人生を送ったに違いない。

季語「鬼百合」（夏）。『朝の岸』所収。

## ぶらりとライオン都会の赤子が眠っている

芳野ヒロユキ

都会の動物園であろうか。横になっていたライオンが、むくっと四本足で立ち、ゆっくりと歩き始めた。ふと視点をずらすとそこにはベビーカーの中ですやすやと眠っている赤ん坊がいる。もしくは、都会の片隅を目的もなく、ライオンになったつもりで歩いていると、ふと母親の背中で眠っている赤ん坊が目についたのかもしれない。どちらにしても地上最強の肉食獣であるライオンと無力な赤ん坊との取り合わせが漠然とした不安感を読む側にもたらしている。

勤務先の高校で教え子達にこの句をどう読むか話し合ってもらった。眠っている赤ちゃんがライオンに食べられてしまうのではないかというイメージが多い中、一人の女生徒がこう言った。赤ちゃんの上で回るベッドメリーからライオンがぶら下がっているのではと。私も含め、教室が唸った。「かわいい。」作者の言う通り、俳句は読者に補われてこそ面白い。

無季。『朝の岸』所収。

## 桜散り僕らに残る体温計

「桜散り」は春愁を想起させる季語。「僕ら」から連想されるのは「若者」だろうか。「体温計」は「僕らに残る」と連動して一つの象徴として解釈されるべきだろう。春が終わっても「僕ら」に残された「体温計」で示されるもの。それは、おそらく「微熱」だ。この「微熱」は、青年期特有の疼きに内省的にならざるを得ないもどかしさ、と言い換えてもいいだろう。この句は、そんな「微熱」を五・七・五の緩やかな連関によって描き出したリリカルな一句だ。「桜が散り、そして僕らには体温計が残っている」と書き換えてみるだけで一編の詩のようになるもそのせいだ。さて、別の読み方はできないだろうか。例えば「僕ら」が高齢者だったらとしたら。その時、句中の「残る」や「体温計」は微妙に変容し、私たちの前にまた新しい世界が広がるだろう。いずれにせよ、若々しい感性が感じられる句である。

季語は「桜散る」(春)。『朝の岸』所収。

若林武史

# 口あけて死者来る朝の犬ふぐり

「口あけて」は、例えば「口あけて全国の河馬桜咲く」のように、あんぐりと口をあけるユーモラスな日常動作を表す一方、例えば人が眠っている時の形容として使われた場合、疲れきり精気を失っている状態を表す言葉にもなる。ここでまず想起されるのは後者の方。口をあけて眠っているような死者が来るのだ。では、なぜ突然、死者が来るのか。それはきっと「死」の唐突さを表現しているのだろう。さて、最後の「犬ふぐり」。その実の形が犬のフグリ（陰嚢）に似ていることから命名された春の路傍の雑草である。陰嚢が暗示するのは生殖であり「生」である。ここで冒頭の「口あけて」の前者の意味と「犬ふぐり」が結びつく。この句の面白さは、唐突にやって来る「死」の非日常と、春の朝の「犬ふぐり」の「生」の日常が、「口あけて」の両義性によって衝突するところにある。

季語は「犬ふぐり」（春）。『朝の岸』所収。

若林武史

# 石蹴りの石消え赤鬼じーんと来る

石蹴りの石がどこかに消えて赤鬼はじーんと来ている……。石蹴り遊びはドラマやマンガでこどものひとり遊びの光景として使われることが多いが、ここでも同じような感傷がベースに。そのひとり遊びの道具である石にまで去られてなお淋しい。じーん、という擬態語はどこかコミカル。マンガなどでは感動したときに涙を流しながらしみじみありがたがっている場面に使われることが多いが、この場面では痛みを堪えている方が似合うかも。

そういえば、と思い出す。こどもの頃泣きながら読んだ童話。鬼が人間と仲良くなりたい、というのは根本的に間違っているだろう。そして、そのために友達を悪者に仕立てるなんてあり得ないだろう。黙って立ち去る青鬼のために私はさめざめと泣いたのだった。

そうか。この赤鬼は青鬼が去って、人間たちも死に絶えたあと、たったひとり生き残ってしまった、のかも。無季。『朝の岸』所収。

わたなべじゅんこ

## 塩鯖（しおさば）がかっと目（め）をあけ雑木山（ぞうきやま）

塩鯖がかっと目を見開いて雑木山をみている。塩鯖に目があるのはまるまる一匹であるから。とすればまだ調理される前の姿。塩にされた鯖はそもそも死んでいる。にもかかわらず、その目はかっと見開かれ力強い。いや、「目を開く」は自覚的な行為である(魚にまぶたがないにしてもだ)。その眼の艶めきと目ヂカラが思いがけない塩鯖の生気を描く。

「かっと」が「赫っと」につながるのだとすればその目の奥に潜む赤さが山を照らす夕日の色につながるか。

「あけ」の連用形は下五の雑木山との関連性を意識させるものの明確なものがない。この句の難解さはこれによる。雑木山に行くのか、あるのか、みているのか、なるのか。敢えてそこを述べなかったということだ。締まった塩鯖の身の堅さは強固なものとして、時には木片を思わせるのかもしれない。

無季。『朝の岸』所収。

わたなべじゅんこ

# 坪内稔典略年譜（年齢は満年齢で表記）

――――久留島 元 編

一九四四年（昭和十九年）

四月二十二日、愛媛県西宇和郡伊方町九町（当時は町見村九町）に生まれる。郵便局員の父・坪内玄良、母・鶴の長男。

一九五一年　七歳

九町小学校に入学。五年生の担任、田中英雄は十黄男と号した詩人だった。六年生の担任、尾崎多喜男から歳時記をもらう。

一九六〇年　十六歳

愛媛県立川之石高校に入学。バス、船で通学。現代詩に関心をもち同人誌「草笛」「午前」発刊。十七歳で**詩集『人間不信』刊**。三年になり下宿。担任、和田良誉の影響で俳句を作り、伊丹三樹彦「青玄」を紹介される。高校時代は陸上部、文芸部、新聞部に属し、生徒会長もつとめた。白石順子と出会う。**詩集『石斧の音』刊**。

一九六三年　十九歳

大学受験に失敗。兵庫県尼崎市、大阪市西成区の親戚の家に下宿し、天王寺の予備校に通う。「青玄」の俳人と交流し、伊丹公子に師事。

一九六四年　二十歳

四月、立命館大学文学部に入学。出町北寮に入る。矢野豊らと京都学生俳句会を結成、**雑誌「アラルゲ」発刊**。同年、澤好摩、山下勝也らと全国学生俳句連盟を結成。

一九六八年　二十四歳

立命館大学大学院文学研究科に進学、国崎望久太郎に師事。学生運動が高揚し、授業のない日々が続く。

一九六九年　二十五歳

二月、**俳句同人誌「日時計」創刊**。同人に伊丹啓子、摂津幸彦、澤好摩など。「青玄」退会。三月、高校の同級生、白石順子と結婚。尼崎市塚口に住む。

一九七〇年　二十六歳

私立園田学園高等学校に国語科教諭として就職。山内侘助の紹介で朝日放送ラジオの台本を書くようになり、中村鋭一、道上洋三の番組に関わる。八月、長女・真紀が誕生。

一九七二年　二十八歳

三月、修士論文「萩原朔太郎論」を提出。十一月、次女・あゆが誕生。このころ神戸のパチンコで大勝、改造社版『子規全集』を衝動買い。

一九七三年　二十九歳
三月、★**第一句集『朝の岸』（青銅社）刊**。園田学園高等学校を退職。大阪府立園芸高校、大阪学院大学高等学校などの非常勤講師をする。穂積隆文の出版社「ぬ書房」の編集を手伝う。

一九七四年　三十歳
正岡子規論を「立命館文学」、「日本文学」などに発表。「日時計」が十三号で終刊。四月、**俳句同人誌「黄金海岸」創刊**。正岡子規論を連載。

一九七五年　三十一歳
三月、「黄金海岸」が四号で終刊。

一九七六年　三十二歳
三月、**「現代俳句」第一集（ぬ書房）発行**。二十八日、第一回現代俳句シンポジュウム開催（名古屋）。北川透講演。★**四月、評論集『正岡子規　俳句の出立』（俳句研究社）刊**。七月、★**第二句集『春の家』（沖積舎）刊**。十二月、尼崎市南塚口町から同市武庫之荘へ移転。

一九七七年　三十三歳
南方社設立。「現代俳句」の発行所が第三集から南方社に移る。四月、★『**朝の岸』新装版（沖積舎）刊**。解説／谷川晃一、装釘／赤瀬川原平。

一九七八年　三十四歳
四月、園田学園女子短期大学専任講師になる。六月、『日本文学全史』五（學燈社）に執筆。
九月、**評論集『過渡の詩』（牧神社）刊**。
一九七九年　三十五歳
夏、尼崎市武庫之荘から箕面市半町四丁目に移転。十月から大阪文学学校チューターをつとめる。
一九八〇年　三十六歳
七月、**★第三句集『わが町』（沖積舎）刊**。
一九八一年　三十七歳
二月、『近代日本文学小辞典』（有斐閣）に執筆。四月から親和女子大学非常勤講師を兼ねる。『鑑賞現代俳句全集』一（立風書房）に執筆。十一月、**エッセー集『土曜の夜の短い文学』（関西市民書房）刊**。
一九八二年　三十八歳
三月、母・鶴死去。四月、園田学園女子短期大学助教授になる。六月、国崎望久太郎を囲む**研究同人誌「枯野」創刊**。**評論集『俳句の根拠』（静地社）刊**。
一九八三年　三十九歳
六月、**昭和十九年の会『モンキートレインに乗って』（短歌新聞社）刊**、作品寄稿。七月、高柳重信死去。「現代俳句」高柳重信追悼号で「さらば、船長」を執筆。

一九八四年　四十歳
六月、**★第四句集『落花落日』（海風社）刊**。七月、**評論集『世紀末の地球儀』（海風社）刊**。十月、**『おまけの名作—カバヤ文庫物語』（いんてる社）刊**。

一九八五年　四十一歳
三月、「現代俳句」が二十集で終刊。六月、宇多喜代子らと大阪俳句史研究会を設立。七月、第七回現代俳句シンポジュウム開催（東京）。**編著『現代俳句入門』（沖積舎）刊**。オセアニア（ニュージーランド、フィジー、トンガ）へ旅行。十一月、**個人誌「船団」創刊**。

一九八六年　四十二歳
十一月、尼崎市市民芸術賞奨励賞受賞。

一九八七年　四十三歳
三月、**評論集『子規随考』（沖積舎）刊**。四月、園田学園女子大学助教授になる。四〜六月、NHKテレビ市民大学で「子規山脈」を担当。十一月、**★第五句集『猫の木』（沖積舎）刊**。十二月、**エッセー集『弾む言葉・俳句からの発想』（くもん出版）刊**。

一九八九年（平成元年）　四十五歳
一月、「船団」五号発行。個人誌から「船団の会」（代表坪内）の発行となる。

一九九〇年　四十六歳
一月、**評論集『俳句　口誦と片言』（五柳書院）刊**。三月、園田学園女子大学を退職。四月、京都教育大学教育学部教授になる。京都教育大学在職中は、園田学園女子大学、光華女子大学、京都女子大学、甲南大学、大阪大学の非常勤講師などを兼任。四月、**『漱石俳句集』（岩波文庫）刊**。
一九九一年　四十七歳
二月、道浦母都子との共著**『女うた　男うた』（リブロポート）刊**。四月、宇治市の紫式部文学賞推薦委員、紫式部市民文化賞選考員となる。八月、**評伝『正岡子規―創造の共同性』（リブロポート）刊**。
一九九二年　四十八歳
三月、**現代俳句文庫『坪内稔典句集』（ふらんす堂）刊**。四月、京都大丸「大丸フォーラム」開講。
一九九三年　四十九歳
二月、読売新聞「よみうり俳壇」選者に就任（九六年五月まで）。三月、**評論集『坪内稔典の俳句の授業』（黎明書房）刊**。六月、柿衞文庫也雲軒俳句塾塾頭になる。八月、**短歌同人誌「鱧と水仙」（藪の会）刊**。十月、**★第六句集『百年の家』（沖積舎）刊**。
一九九四年　五十歳

一月、**編著『親子のふれあい歳時記』（くもん出版）**刊。四月、評論集『**俳句のユーモア』（講談社）**刊。八月、**★第七句集『人麻呂の手紙』（ふらんす堂）**、共著『**世紀末の饗宴』（作品社）**刊。

一九九五年　五十一歳

一月、東京出張中、阪神淡路大震災。六月、岩波講座『日本文学史』第一三巻に「短詩型文学の展開」を執筆。

九月、俳句新聞「子規新報」（小西昭夫編集長・創風社出版）創刊。

一九九六年　五十二歳

三月、箕面市半町四丁目から箕面市今宮に移転。十月、**評伝『子規山脈』（NHKライブラリー）**刊。

一九九七年　五十三歳

二月、**エッセー集『子規のココア・漱石のカステラ』（NHK出版）**刊。四月、伊方中学校校歌「友よ」作詞。七月、**★第八句集『ぽぽのあたり』（沖積舎）**刊。

一九九八年　五十四歳

二月、第十八回京都府文化功労賞を受賞。八月、**評論集『俳句的人間　短歌的人間』（岩波書店）**刊。**歌集『豆ごはんまで』（ながらみ書房）**刊。

二〇〇〇年　五十六歳

二〇〇一年　五十七歳
一〜十二月まで子規没後百年を記念した連続対談「子規の贈り物」を愛媛新聞で連載。三月、宮崎県延岡市「若山牧水青春短歌大賞」審査員となる。五月、**評伝『上島鬼貫』（神戸新聞総合出版センター）刊**。十一月、兵庫県柏原町で第一回田捨女青春俳句祭を開催。十二月、**★第九句集『月光の音』（毎日新聞社）刊**。
二〇〇二年　五十八歳
三月、京都教育大学教育学部教授、附属中学校校長を退官、同大学名誉教授となる。四月、佛教大学文学部教授となる。句集『月光の音』により中新田俳句大賞スウェーデン賞を受賞。同年より愛媛文化振興財団主催、芝不器男俳句新人賞の選考委員となる。
二〇〇三年　五十九歳
五月、**『俳人漱石』（岩波新書）刊**。十一月、**『坪内稔典句集〈全〉』（沖積舎）刊**。十二月、**評論集『俳句発見』（富士見書房）刊**。
二〇〇四年　六十歳
八月、小西昭夫との共編**『子規百句』（創風社出版）刊**、文庫判百句シリーズ一冊目。
二〇〇六年　六十二歳
四月、**『季語集』（岩波新書）刊**。

二〇〇八年　六十四歳
十一月、**エッセー集『カバに会う　日本全国河馬めぐり』**（岩波書店）刊。
二〇〇九年　六十五歳
四月～、「図書」（岩波書店）に「柿への旅」を連載。五月、★第十一句集『**水のかたまり**』（**ふらんす堂**）**刊**。七月、**★句文集『高三郎と出会った日』**（**沖積舎**）**刊**。十二月、**評論集『モーロク俳句、ますます盛ん　俳句百年の遊び』**（**岩波書店**）**刊**。
二〇一〇年　六十六歳
五月一日、「季語刻々」（毎日新聞）連載開始。同月、『モーロク俳句、ますます盛ん』で第十三回桑原武夫学芸賞を受賞。十二月、『**正岡子規　言葉と生きる**』（**岩波新書**）**刊**。
十一月、『**坪内稔典コレクション**』（**沖積舎**）**刊行開始**。
二〇一二年　六十八歳
五月～、「俳句」（角川書店）で「女たちの俳句史」連載。六月、**エッセー集『俳句の向こうに昭和が見える』**（**教育評論社**）**刊**。
二〇一三年　六十九歳
六月、胃潰瘍で吐血。治療中に胃がんが見つかる。九月十七日、入院。十九日胃の摘出手術をうける。十一月、大学の講義を再開。『**絵といっしょに読む国語の絵本**』**シリーズ**（**くもん出版**）**刊行開始**。

二〇一四年　七十歳

三月、「**船団**」一〇〇**号刊**。二十三日、七十歳、「船団の会」創設三十年、一〇〇号を祝う「ネンテンさんと三〇・七〇・一〇〇の会」を京都で開催。

二〇一五年　七十一歳

三月、佛教大学文学部を定年退職、同大名誉教授となる。十一月、第十二句集『**ヤツとオレ**』（**角川書店**）、**エッセー集**『**モーロクのすすめ 10の指南**』（**岩波書店**）**刊**。

十二月、『**四季の名言**』（**平凡社新書**）**刊**。著作がほぼ百冊めとなる。

二〇一六年　七十二歳

二月二十三日、坪内稔典著作百冊出版記念会を東京神保町で開催。同日、『**坪内稔典自筆百句**』（**沖積舎**）**刊**。三月、『**漱石くまもとの句二〇〇選**』（**熊本日日新聞社**）**刊**。

★印は、本書収録対象の句集。

参考資料　『坪内稔典句集〈全〉』（沖積舎）

# あとがき

『坪内稔典百句』の特徴は今までの先入観を無くし、赤子のような眼差しで掘り起こしてみようというものである。自然と有名な作品も多く含まれることになったが、新たな側面を私は発見した。

本書は過去の十一に及ぶ句集をバランス良く網羅、最近の句集を冒頭に年月を遡る形で編まれている。鑑賞は氏の率いる「船団の会」の若手（二十代から五十代半ばまで）が坪内稔典の俳句の魅力を悩みながらも伝えようとしたものだ。

氏は一九四四年愛媛県佐田岬半島に生まれた。（これは偶然にも松尾芭蕉の生誕からちょうど三百年後に当る。）本書最終ページに掲載の、

雷雨去り少女スターの写真見る

は十七歳の句。読売新聞の月間賞を受賞し、「これを機会に勉強」という発言が

紙上に残っている。その後、伊丹三樹彦の『青玄』に投句。二十五歳の時に同人誌『日時計』を創刊。俳人としてひとり立ちした。二十九才、最初の句集『朝の岸』を刊行する。その中に、

ひっそりとベラ棲む明るさ父母の島

父祖は海賊島の鬼百合蜜に充ち

があり、故郷佐田岬半島のＤＮＡが色濃く出ている。また、本人の言葉「現実の迫真性」が現れている俳句がある。

口あけて死者来る朝の犬ふぐり

桜散り僕らに残る体温計

この中に坪内稔典の根の根を見たようで、稔典俳句の魅力の源泉と感じている。『春の家』『わが町』では定型への滑らかな親近も感じられるが、「現実の迫真性」はナンセンスと表裏一体のようだ。

鬼百合がしんしんとゆく明日の空

春の昼ほろほろと泣くメリケン粉

その後の母の死を迎えた時は、坪内稔典の俳句が率直に自ら曝け出された時代であるように思う。『落花落日』には有名な俳句が多く所収されている。四十歳にして開花した作品群である。

春の風ルンルンけんけんあんぽんたん

三月の甘納豆のうふふふふ

桜散るあなたも河馬になりなさい

ここから坪内稔典のベクトルが「片言」の俳句世界へと向く。『猫の木』のあとがきにはそんな自らの考えが端的に書かれており、その部分を次に抜粋する。

「読者が思いがけない読みとりをするのは、どんなに厳密に書かれていても、俳句はついに一種の片言にすぎないからである。とすると、俳人としては、片言としての力を最大に発揮する工夫に心を砕くことになる。正岡子規の写生にしても、高浜虚子の花鳥諷詠にしても、そんな工夫のひとつであった。(中略)私はどんな読者と出会うのだろうか。」

たんぽぽのぽぽのあたりが火事ですよ

「ぽぽのあたり」とはどの辺りなのだろう？　読み手一人ひとりが一つの世界を生み出してゆく。

本書の冒頭第十一句集『水のかたまり』から第一句集『朝の岸』まで、読者の皆様はどうぞ自由に想像を解き放ち、俳句ならではの空間を旅して欲しい。

ちなみに、七十二歳の氏は今年第十二句集『ヤツとオレ』を刊行している。

本書の編集は私と、「船団の会」の衛藤夏子さん、藤田俊さん、久留島元さんとの四人で力を合わせて担った。メンバーから一言ずつ申し上げ、あとがきとする。

藤井なお子

※

個々の鑑賞には、発見、共感があった。百句を読むと、稔典氏の温厚で繊細な人柄が浮かびあがった。

師に出逢うそれより緑雨あざやかに
この本に関われたことに感謝する。

衛藤夏子

生き生きとした身体が喜ぶ言葉と、意味や景色を超えた大胆な世界。稔典さんの俳句の力を発揮するための工夫は、自分だけの変で楽しい読みを誘う。楽しんで欲しい。

藤田俊

思いがけず編集に加えていただいて、坪内稔典の軌跡と現在を楽しむ機会に恵まれた。俳句はやっぱり楽しい。あとは読者に楽しんでもらうだけ。

久留島元

# 坪内稔典百句

2016年5月20日発行　　定価＊本体800円＋税

編　者　　稔典百句製作委員会

発行者　　大早友章

発行所　　創風社出版

〒791-8068 愛媛県松山市みどりヶ丘9－8

TEL.089-953-3153 FAX.089-953-3103

振替 01630-7-14660 http://www.soufusha.jp/

印刷 ㈱松栄印刷所　　製本 ㈱永木製本




ISBN 978-4-86037-227-9

郵便はがき

恐縮ですが
切手を貼って
お出し下さい

7 9 1-8 0 6 8

愛媛県松山市
みどりヶ丘9－8

創風社出版 行

●今回お買い上げいただいた本の書名をご記入下さい。

| 書名 | |
|---|---|
| お買い上げ書店名 | |
| (ふりがな)<br>お名前 | (男・女)<br>(　　歳)　印 |
| ご住所 | 〒<br><br>(TEL　　　　FAX　　　　)<br>(E-mail　　　　) |

※この愛読者カードは今後の企画の参考にさせていただきたいと考えていますので、裏面の書籍注文の有無に関係なくご記入の上ご投函下されば幸いです。

◎本書についてのご感想をおきかせ下さい。

## 創風社出版発行図書 購読申込書

下記の図書の購入を申し込みます

| 書　　　　　名 | 定　価 | 冊　数 |
| --- | --- | --- |
| | | |
| | | |
| | | |
| | | |

**ご注文方法**

☆小社の書籍は「地方・小出版流通センター」もしくは「愛媛県教科図書株式会社」扱いにて書店にお申込み下さい。

☆直接創風社出版までお申込み下さる場合は、このはがきにご注文者を明記し、ご捺印の上、お申込み下さい。送料無料にて五日前後で、お客様のお手元にお届け致します。代金は、本と一緒にお送りする郵便振替用紙により、もよりの郵便局からご入金下さい。